저승에서
온
미녀

저승에서 온 미녀

초판 1쇄 인쇄 2013년 12월 30일
초판 1쇄 발행 2014년 01월 06일

지은이   김 범 영
펴낸이   손 형 국
펴낸곳   (주)북랩
출판등록 2004. 12. 1(제2012-000051호)
주소   153-786 서울시 금천구 가산디지털 1로 168,
              우림라이온스밸리 B동 B113, 114호
홈페이지 www.book.co.kr
전화번호 (02)2026-5777
팩스   (02)2026-5747
ISBN   979-11-5585-113-5 03810(종이책)
              979-11-5585-114-2 05810(전자책)

이 도서의 국립중앙도서관 출판시도서목록(CIP)은 서지정보유통지원시스템 홈페이지(http://seoji.nl.go.kr)와
국가자료공동목록시스템(http://www.nl.go.kr/kolisnet)에서 이용하실 수 있습니다.
(CIP제어번호 : 2013029159)

로맨스와 판타지를 넘나들며 새로운 장을 개척하고 있는 김범영의 추리소설

저승에서
온
미녀

김범영 지음

book Lab

차례

새벽. 동녘에 붉게 태양이 떠오르는 높은 절벽 위. 붉은 태양빛을 등지고 한 사람이 서 있다. 그 앞에 다섯 명의 사람이 서 있다.

"돈은 얼마든지 좋습니다. 반드시 내 딸을 철저히 비밀리에 지켜주시면 됩니다."

태양을 등지고 서 있는 한 사람이 말했다. 태양빛 때문에 얼굴 모습은 알 수 없었다.

"비록 우리가 범죄자들이긴 하지만 약속은 철저히 지킵니다. 금액은 1개월에 5억씩으로 하겠습니다. 의뢰하시겠습니까?"

태양을 등지고 서 있던 다섯 명 중 가장 오른쪽에 있는 사람이 말했다.

"좋습니다. 매달 5억씩 드리겠습니다. 보스를 믿기 때문에 만나자고 한 겁니다. 허나 만약 내 딸을 지키지 못했을 경우 대가를 치르게 될 것입니다."

"물론입니다. 의뢰인께서 원하는 것이 우리 다섯 명의 목숨이라면 기꺼이 드리겠습니다."

"그럼 거래는 성사된 것으로 합시다. 여기 5억 있습니다. 1개월 치입니다."

태양을 등지고 있는 의뢰인은 주머니에서 열쇠를 하나 꺼내 다섯 명 중 가장 가운데 사람에게 건네줬다.

저승에서
온
미녀

제1장

죽음

'좌청룡 우백호'

소위 말하는 명당자리.

남쪽 양지바른 언덕 위에 새로 무덤이 하나 생겼다.

수많은 조문객들이 아직도 산허리에 가득했다.

무덤 앞에 엎드려 통곡하는 사람은 50대로 보이는 지성미 넘치는 부부였다.

'제갈미경'

새로 생긴 무덤 앞에 세워진 비석엔 그렇게 쓰여 있었다.

제갈미경.

M그룹 무남독녀.

차기 M그룹을 이끌어갈 유일한 후계자.

톱스타 연예인들보다 뭇 남성의 선망의 대상이요 결혼 적령기 남성들이 가장 선호하는 결혼 대상자 1위의 제갈미경. 검고 큰 두 눈만큼이나 아름다운 마음씨를 가진 최고의 미녀이기도 했다. M그룹 차기 후계자로 내정된 제갈미경은 재벌가는 물론이고 정치인들과 수

많은 스타들까지 아들을 내세워 사돈이 되려고 제갈미경의 부모에게 발품을 팔았다.

제갈미경의 부모 제갈현과 오수경.

M그룹 총수 제갈현은 친딸 제갈미경 외에 두 명의 양자를 두었다.

절친한 친구가 죽으면서 맡긴 27세 배국환.

M그룹 계열 M유통의 사장.

누군가 제갈현의 집 대문 앞에 버리고 간 갓난아기를 데려다 키운 25세의 제갈진수.

제갈진수는 M그룹 계열 M산업의 사장이다.

두 명의 양자가 있었으나 누구보다도 뛰어난 지식과 미모에 탁월한 사업능력까지 지닌 제갈미경을 M그룹 차기 후계자로 이사회에서 만장일치로 정해졌다.

호사다마라 했던가.

M그룹 차기 후계자 자리에 오른 지 불과 한 달여 만에 제갈미경은 M그룹 회장 소유 가평 별장에서 소나무에 목을 맨 시체로 발견됐다. 타살 흔적이나 타인이 별장에 접근한 흔적도 전혀 없었다. 경찰은 자살로 결론을 내렸다. 유서나 자살을 할 만한 어떠한 사유가 없는데도 타살 흔적이 없다는 이유로 자살로 결론을 내렸다.

M그룹 고문 변호인단은 강력히 항의했고, 검찰은 다시 수사한다는 결정을 내린 상태다.

햇병아리 검사 유민혁.

재벌가 고문 변호인단의 항의에 못 이겨 하는 척만 하려는 듯 이 사건은 유민혁 검사에게 맡겨졌다. 이제 막 고시를 패스하고 검사복을 입은 유민혁은 나름대로 강한 의지를 불태웠다. 별로 하는 일 없이 밥만 축내는 엉터리 늙은 형사 두 명이 유민혁의 수사대에 합류했다. 그리고 법대 아르바이트 여학생 한 명이 수사팀에 검사시보로 들어왔다. 그녀의 이름은 김진영.

장례식이 끝난 후 M그룹 회의실에 세 사람이 모여 앉았다.

M그룹 총수 제갈현.

M산업 사장 제갈진수.

M유통 사장 배국환.

차 한 잔이 다 식을 무렵에야 무겁게 닫혔던 제갈현의 입이 열렸다.

"이제 너희 둘 중 하나가 M그룹을 이끌어나가야 한다. 해서 난 너희들에게 똑같은 기회를 주려고 한다. 너희 둘은 오늘로서 사장직에서 해고됐다. 앞으로 3개월의 기간을 주겠다. 각자 나가서 우리 미경이처럼 예쁘고 능력 있는 그런 결혼 상대를 하나씩 구해와라! 너희들이 구해온 결혼 상대의 능력을 평가해서 가장 뛰어난 능력과 미모를 지닌 여자를 데려오는 사람에게 M그룹 총수 자리를 물려주겠다. 또한 나는 나름대로 우리 미경이를 대신할 아이를 찾을 것이다. 내가 찾은 아이와 너희가 찾은 아이 세 명이 공평하게 능력을 평가받게 될 것이다. 너희들이 데리고 온 결혼 상대자가 내가 찾은 아이만 못할 경우 내가 찾은 아이가 총수 자리를 물려받을 것이다. 가라! 기간은 3개월이다."

제갈진수와 배국환은 엎드려 인사를 올리고 회의실을 나갔다. 둘이 나간 직후 제갈현은 누군가에게 전화를 걸었다.

"어제 부탁한 그 아이를 비밀리에 반드시 찾아주시오."

제갈현은 간단한 전화 통화를 마치고 담배 한 개비를 입에 물었다. 라이터를 꺼내 불을 붙이려다가 멈칫 한다.

"아빠! 또 담배 피우려고? 담배 좀 끊어!"

딸 미경의 잔소리가 귓가에 들리는 듯 했던 것이다. 제갈현은 결국 담배를 피우지 못하고 손으로 구겨 쓰레기통에 던져버렸다.

"야! 족대 좀 잘 대라고!"

말만 한 처녀가 허연 허벅지를 드러내고 도랑에서 물고기를 몰고 있었다. 큰 하천에서 논으로 물을 대기 위해 만들어진 도랑.

"야! 아무리 도랑 치고 가재 잡고 한다지만 이런 도랑에서 물고기 잡다가 뱀이라도 나오면 어쩌려고?"

나이는 25~27세 정도의 다 큰 사내 녀석의 족대를 잡고 있는 손이 벌벌 떨리고 있었다. 녀석의 눈은 물고기엔 관심도 없었다. 물이 흐르는 도랑가의 숲을 살피기에 여념이 없었다.

"저…… 저 멍청이! 뱀이 나올까 걱정돼서 길은 어떻게 다니고 밤에 잠은 어떻게 자냐?"

물을 첨벙거리며 발로 열심히 도랑가 숲을 밟고 있는 말만 한 처녀가 핀잔을 준다.

"야! 방에서 자는데 무슨 뱀?"

"뱀이 방엔 안 들어 가나? 작은 구멍만 있으면 어디든 가는데?"

처녀의 얼굴엔 장난기가 가득했다.

"지수 네가 날 겁주려고 별 생각을 다하는구나?"

"어! 이게 이젠 안 통하네!"

"한두 번 당해봤어야 속지."

"떠들지 말고 족대나 잘 붙잡아! 고기 다 새나간다."

허연 허벅지를 드러내고 물고기를 몰던 지수가 하얀 치아를 드러내고 밝게 웃는다. 시골 아가씨답지 않게 새하얀 피부를 지녔다. 갸름한 얼굴에 검고 커다란 두 눈이 무척 아름다운 그녀. 그녀의 얼굴은 맑은 하늘에 한 조각 둥둥 떠 있는 하얀 구름과 함께 더욱 아름다웠다.

서울 서부지검 1021호.

어지러운 책상 위에 명패가 하나 놓여 있었다.

'검사 유민혁'

책상 주인은 보이지 않고 덩그러니 빈 의자만 책상을 지키고 있었다.

"이런 우라질! 눈이 침침해서 뭐가 보여야지. 글씨는 왜 이리 작은 거야!"

만년 형사 조필두가 눈을 연신 손으로 비비며 책상에 놓인 서류들을 들여다보고 있었다.

바로 검사 유민혁의 명패가 있는 책상 옆이다.

명패는 물론이고 책상 위에는 방금 보고 있던 서류 말고는 아무것도 없이 깨끗하다.

"조 선배! 침침한 눈을 자꾸 비비면 밝아집니까? 그 나이까지 형사를 하시다니 대단하십니다. 어디 한가한 자리로 옮겨 달라고 하시지."

조필두 바로 옆 자리에서 늙은 형사 강준이 빈정댄다. 얼핏 보기엔 둘 다 나이가 비슷해 보인다.

"이놈아! 청량리 창녀들이나 단속하던 녀석이 뭘 처먹었기에 이곳까지 쫓겨 와서 구린내 나는 입으로 나불대고 있냐? 창녀들 찌찌라도 빨아 처먹었냐?"

조필두가 열심히 서류들을 들여다보며 독설을 내뱉는다.

"저야 창녀들 찌찌나 빨았지만, 그러는 조 선배는 강남 룸살롱 마담 팬티 속이나 핥고 다녔다 하던데, 아닙니까?"

강준 역시 독설을 내뱉었다.

"이놈아! 그래도 난 노는 물이 다르잖아! 창녀가 뭐냐, 창녀가?"

"시끄러워요! 그 입들 좀 닫고 있죠?"

조필두의 말을 중간에서 끊으며 앙칼진 여인의 목소리가 들렸다. 바로 건너편 자리에 앉은 여인이다.

검사시보 김진영.

두 늙은 형사는 얼른 입을 닫았다. 딸 같은 아가씨에게 야단을 맞았으니 그 얼굴이 우거지상이 돼야 하는데, 두 늙은 형사는 역시 능구렁이다.

얼굴에 징그러운 미소까지 번지고 있었다.

"에구……! 저런 사람들이 형사라고……! 완전 범죄자 닮았네."

검사시보 진영이 징그럽게 웃는 두 늙은 형사를 보며 참을 수 없다는 듯 울분을 터뜨렸다.

"검사님 오실 시간이에요. 얼른 보고 드릴 준비나 하시죠."

진영이 다시 일침을 놓았다.

"역시 햇병아리는 무서움을 몰라. 안 그래?"

조필두가 강준을 보며 한쪽 눈을 껌뻑거렸다.

"햇병아리가 아니라 하룻강아지라 해야죠."

강준이 맞장구를 쳤다.

"헹!"

진영이 혀를 날름 내밀며 가소롭다는 표정이다.

"검사시보께서 가소롭다는데?"

조필두가 강준을 보며 미소를 지었다.

"나름대로 열심히 준비하셨겠죠. 기대가 되지요?"

강준이 서류에서 눈을 떼지 않으며 건성으로 대답했다.

"이제 와서 서류를 본다고 뭐가 달라질까요?"

진영이 가소롭다는 투로 말했다.

"좋은 아침입니다!"

유민혁이 사무실로 들어왔다.

"안녕하세요?"

"네! 좋은 아침입니다!"

"별로 좋은 아침은 아닙니다! 검사시보한테 야단이나 맞고……."

진영과 조필두는 반갑게 인사했지만 강준이 심통을 부렸다.

"하하하…… 아직 하룻강아지 아닙니까? 이해하시죠. 우선 강 형사님부터 어제 조사하신 것 좀 말씀해보시죠."

유민혁이 의자에 앉으며 말했다.

"쳇!"

진영이 입을 삐쭉 내밀었다. 하룻강아지란 말이 몹시 거슬렀던 모양이다.

"M그룹 별장 주변에 있는 CCTV 카메라, 교통 단속 카메라 등을 모두 조사했지만 제갈미경이 죽은 1주일 전후로는 특별한 용의자로 보이는 사람은 없었습니다. 별장 출입 역시 제갈미경 혼자만 했던 것으로 보입니다. 보디가드 장태경은 제갈미경의 요청으로 동행하지 않았던 것으로 밝혀졌고요."

강준이 간단하게 보고했다.

"잠깐만요. 보디가드가 왜 1주일씩이나 제갈미경을 지키지 않았을까요? 아무리 제갈미경이 혼자 있고 싶다고 해도 그렇지. 별장 근처에도 가지 않았다는 점이 수상하네요. 그렇죠?"

유민혁이 말했다.

"네, 그렇습니다. 해서 더욱 자세히 알아봤는데. 장태경 부친이 갑자기 병원에 입원해서 부친 병간호를 했던 것으로 밝혀졌습니다."

강준이 자랑스럽게 말했다. 그것 보라는 듯이 어깨를 으쓱 하면서 진영을 힐끗 보았다.

"헹!"

진영이 가소롭다는 투로 콧방귀를 뀌며 벌떡 일어섰다.

"제가 조사한 내용을 말씀드릴게요. 제갈미경의 절친 이초희는 제갈미경이 죽던 바로 그날 양평에서 자신의 승용차로 가평 별장까지 이동한 사실이 밝혀졌습니다. 감시카메라에 이초희 승용차가 찍혔습니다. 그러나 이초희는 전혀 가평에 간 사실이 없다며 딱 잡아떼고 있습니다. 현재로선 가장 유력한 용의자라고 생각합니다."

진영이 그것 보라는 듯 자랑스럽게 강준을 바라보았다.

"오! 하룻강아지란 말은 취소. 하하하~ 수고했어."

유민혁이 만족스럽다는 표정을 지었다. 진영은 다시 어깨를 으쓱 하며 강준을 바라보았다. 강준의 입가에 살짝 미소가 어렸다.

"M그룹 주식을 12%나 보유한 방기준 이사를 조사한 바로는 알리바이가 너무도 완벽합니다. 그것이 더욱 수상하고요. 제갈미경이 죽은 1주일 전부터 제갈미경이 죽은 그 다음날까지 9일간 유럽 여행을 했습니다. 유럽 여행은 예정된 것이 아니었고 갑자기 여행을 떠난 것으로 밝혀졌습니다. 특히 수상한 것은 유럽 여행을 가기 전에 '종로 딱지'라는 양아치를 만났다는 것이 수상합니다. 딱지는 갑자기 행방을 감췄고요."

조필두가 말했다.

"잠깐만요. 딱지라 하면? 뭐하는 사람입니까?"

유민혁이 물었다.

"딱지는 살인청부업자입니다. 워낙 치밀해서 흔적을 남기지 않기로 유명하고요. 붙잡혀도 미꾸라지처럼 잘 빠져나갑니다. 전과 8범의 여자입니다."

조필두가 얼른 대답했다.

"여자요?"

"네! 딱지는 며칠 전 양평과 강원도 경계선 지역에 머물고 있었으며, 누군가 찾고 있는 것으로 간주됩니다. 또한 이초희는 요즘 비밀열애 중이라 가평 M그룹 별장 근처에 애인을 만나러 왔을 겁니다. M그룹 회장 제갈현의 지시로 방기준 이사가 딱지를 만난 것으로 압니다."

강준이 어깨를 으쓱하며 진영과 조필두를 힐끗 쳐다봤다.

"보디가드 장태경의 부친이 입원했다는 병원에 가봤는데, 건강검진을 위해 입원했던 것으로 밝혀졌고요. 장태경 역시 첫날 2시간, 마지막 날 2시간 정도 병실에 머물렀던 것으로 밝혀졌습니다. 또한 교통정보 수집을 위한 카메라가 가평 M그룹 별장 입구 K통신 안테나에 부착돼 있는데, 그 카메라에 녹화된 것은 놀랍게도 제갈미경이 죽던 바로 그날 길가 숲으로 숨어서 지나가는 사람이 둘이나 찍혔습니다. 확대해본 결과 하나는 장태경이었고, 다른 하나는 이초희로 보입니다. 또 하나 농작물을 싣고 가는 경운기 위에 사람이 하나 타고 갔는데, 아주머니로 분장은 했어도 분명히 딱지로 보입니다."

이번엔 조필두가 어깨를 으쓱하며 진영과 강준을 쳐다봤다.

"헹!"

진영이 못마땅한 표정으로 벌떡 일어섰다.

"어! 시보께서 숨겨둔 카드가 있었나?"

조필두가 빈정댔다.

"제가 조사한 바로는 가장 유력한 용의자는 M그룹 회장 제갈현이라고 생각합니다. 이유는 제갈미경이 죽은 후 두 양자를 해고 조치했는데, 더욱 이상한 것은 엉뚱한 대결을 펼치도록 지시했다는 겁니다. 죽은 제갈미경에 버금가는 아내감을 데려오는 사람에게 후계자 자리를 주겠다고 했답니다. 또한 비밀리에 누군가를 찾고 있는 것으로 밝혀졌는데요. 그 해결사가 바로 딱지라는 겁니다."

진영이 거 보라는 듯 두 늙은 형사를 힐끗 보고 앉았다.

"하하하……."

"으하하하……."

갑자기 두 늙은 형사와 유민혁이 배꼽을 잡고 웃었다.

"……!?"

진영은 영문을 몰라 어리둥절했다.

"으하하하……."

두 늙은 형사와 유민혁의 웃음소리는 그치질 않았다.

M그룹 본사 빌딩 27층 회장실.

'회장 제갈현'

번쩍이는 황금 명패가 놓인 책상에 두 다리를 올려놓고 소파에 몸을 문 채 제갈현은 잠들어 있었다.

밤새 이것저것 생각이 많아 잠을 설친 까닭에 낮잠을 자고 있었다.

"해당화 피고 지는…… 섬 마을에……."

이미자의 〈섬마을 선생님〉 노랫소리가 제갈현의 핸드폰에서 들리기 시작한 것은 제갈현이 달콤한 꿈나라를 여행하고 있을 때였다. 이미자의 〈섬마을 선생님〉은 제갈현이 좋아하는 노래는 아니었다. 세대가 세대인 만큼 제갈현은 그 노래를 좋아하지는 않았다. 다만 제갈현의 아버지가 무척 좋아하던 노래여서 아버지 생각이 날 때 가끔 그 노래를 핸드폰 벨소리로 바꾸어놓곤 했다.

더듬더듬 책상 위에 놓인 핸드폰을 찾아 들고 제갈현이 전화를 받았다.

"여보세요?"

"K입니다! 부탁하신 사람을 찾았습니다!"

"그래요? 지금 어디입니까?"

"양평 근교에 있습니다."

"아! 지금 곧 출발하겠습니다!"

"네! 양평 휴게소에서 기다리고 있겠습니다."

전화 통화를 마친 제갈현은 부랴부랴 서둘러 옷을 챙겨 회장실을 나갔다.

훅…… 훅…….

정태는 불을 붙이기 위해 열심히 입김을 불어넣었다.

돌로 아궁이를 만들고 그 위에 검게 그을린 양은냄비를 아슬아슬
하게 걸쳐놓았다.

"이놈의 안개는 걷힐 날이 없어!"

정태는 자욱한 안개를 바라보며 투덜거렸다. 안개 때문에 마른 나
무들이 젖어 불이 잘 붙지 않았기 때문이다.

"바보! 그래서 넌 바보라는 거야! 머리를 좀 써!"

지수가 양은냄비에 방금 잡은 퉁바리와 피라미를 손질해 넣으며
빈정거렸다.

"머리? 무슨 머리?"

도무지 알 수 없다는 표정으로 지수를 바라보는 정태.

"멍청아! 안개는 비와 달라서 위쪽만 젖잖아!"

지수가 한심하다는 투로 말했다.

"위쪽? 머리? 내가 바보?"

정태는 아직도 잘 모르겠다는 투다.

"야! 멍청아! 그러니까…… 땔감을 겉의 것을 가져오지 말고 속에
서 가져오란 말이야!"

지수가 한심하다는 표정으로 정태의 아래위를 훑어보았다.

"아! 그렇구나!"

정태가 그제야 알았다는 듯 손으로 머리를 긁적이며 땔감을 찾아
나섰다.

"그나저나…… 너희 엄마는 언제 오신다고 하시더냐?"

정태가 멀리 안개 속에서 묻는다.

"몰라!"

지수가 짜증스럽게 대답했다.

"허허…… 이 아빠도 좀 주려무나."

안개 속에서 제갈현이 나타났다.

"아빠!"

지수가 순간적으로 반갑게 외쳤다. 허나 곧 자신의 실수를 눈치 채고 머리를 긁적였다.

"녀석! 이 애비도 속았다고 생각하느냐?"

제갈현이 지수 앞에까지 걸어와 슬픈 눈으로 지수를 바라본다.

"아빠! 왜 그런 눈으로?"

지수가 제갈현의 눈에 반짝거리는 눈물방울을 보고 깜짝 놀라 묻는다.

"내가 너 대신 만들어놓은 그 아이는 며칠 전 죽었다."

"네? 죽다니요?"

지수가 소스라치게 놀라 물었다.

"성형수술까지 해서 너로 둔갑시켜 회사 일을 맡기고 너 혼자 자유를 찾아 돌아다닌 것은 좋은데, 그 아이 인생은 어떻게 책임질 거냐?"

"아빠! 자세히 말씀 좀…… 그 애가 죽다니요? 어떻게? 누가?"

"가평 별장 뒤 소나무에 목을 매고 자살했다."

"자살이라니요? 그 애가 왜? 절대 그럴 리 없어요. 뭔가 잘못된 거예요. 자살이라니…… 절대 그럴 리가, 절대."

지수는 믿을 수 없다는 투로 도리질을 쳤다.

"자세한 것은 가면서 얘기하자. 이제 아빠 곁에 네가 있어야겠다. 아빠 혼자 놔두지 마라. 너 혼자 자유를 즐기는 것은 좋지만 제발 아빠 엄마 생각도 좀 하려무나."

"엄마도 아세요?"

"뭘?"

"제가 지수를 내세워 저와 바꿔치기했다는 걸요?"

"아니다. 아직 모른다. 네가 워낙 치밀하게 계획해서 아빠도 속았지 뭐냐."

"아빠는 어떻게 아셨어요?"

"아무리 속여도 아빠는 아빠잖아! 네 냄새가 다른데."

제갈현은 장난스럽게 지수 목덜미에 코를 대고 냄새를 맡는 시늉을 했다.

"그 애는 어떻게 했나요?"

"이틀 전 장례식을 마쳤다."

"그 애는 절대 자살했을 리 없어요. 도무지 무슨 말씀이신지. 전 이해가 안 돼요."

"그래, 나도 그렇다! 해서 다시 수사를 의뢰했다."

"수사요?"

"그래!"

"그래서 수사를 다시 한대요?"

"그래! 마지못해 수사는 시작했는데……"

"왜요?"

"햇병아리 검사와 능구렁이가 다 된 늙은 형사 두 명이 맡았다. 성의가 없어! 경찰에선 이미 자살로 결론을 내렸다."

"오랜만에 맛보려던 매운탕인데……. 쩝……."

지수, 아니 제갈미경은 검게 그을린 양은냄비를 아쉬운 듯 내려다보며 입맛을 다셨다.

"그럼 일단 먹고 가자! 서두를 것도 없으니 우리 미경이가 만들어주는 매운탕 맛 좀 볼까?"

제갈현이 자갈 위에 털썩 자리를 잡고 앉았다.

"헤~ 아빠 입맛에 안 맞을 텐데……."

미경이 쑥스러운 미소를 지었다.

"어! 이분은?"

정태가 땔감을 안고 오다가 제갈현을 발견하고 미경에게 묻는다.

"우리 아빠야. 인사 드려."

"아빠? 너희 아빠?"

"그래 우리 아빠."

미경이 미소를 지으며 말했다.

"반갑네! 미경이 아빠 제갈현이라 하네."

제갈현이 먼저 미소를 지으며 말했다.

"아, 안녕하세요? 처음 뵙겠습니다."

정태는 인사를 하면서도 미경에게 어떻게 된 것이냐는 표정으로 묻는다.

"사실 난……."

미경이 정태가 불을 붙이고 있는 사이에 자신과 지수의 관계를 이야기하기 시작했다. 하얀 안개는 냇가를 따라 빠르게 이동하며 마치 목욕을 한 사람처럼 제갈현과 지수의 얼굴을 흠뻑 적시고 있었다.

유민혁 검사는 방금 제갈현이 지나간 산속 도로를 따라 차를 몰고 있었다.

"M그룹 회장이 현재 양동과 횡성의 경계지점에 있습니다. 누군가 만나고 있는 것 같습니다. 검사님이 계신 곳과의 거리는 불과 10킬로미터 정도입니다."

민혁의 핸드폰으로 위치와 함께 자세한 안내를 전하는 사람은 다름 아닌 검사시보 진영이었다.

"이 아가씨가 어제 실수를 만회하려고 열심이군."

민혁이 어제 일을 회상하면서 빙긋 웃었다. 신문과 방송에 이미 보도된 내용을 자신이 조사한 것이라 발표해서 모두에게 웃음을 줬던 검사시보 진영. 위험을 무릅쓰고 제갈현의 자동차에 위치 추적장치와 도청기를 부착한 진영의 노력으로 민혁은 제갈현을 추적하고 있었다.

"서두르세요. 다시 움직일지도 몰라요."

진영의 목소리가 핸드폰으로 걱정을 가득 담아 전해졌다. 민혁은 빙그레 미소를 지었다.

약 2년 전.

제갈미경과 윤지수가 만났다. 몹시 추운 날이었다. 눈보라가 심하게 몰아치고 있었다. 제갈미경은 어떤 끌림에서라고 할까. 자신도 모르게 발걸음이 양평 5일장으로 향했다. 보디가드 장태경은 그 이전부터 제갈미경의 보디가드였기에 그날도 동행했다.

"남들이 보면 마치 남친 같잖아. 좀 떨어져서 다니지?"

제갈미경은 늘 거추장스러운 보디가드를 달고 다니기를 싫어했다. 장태경은 제갈미경의 등 뒤 5미터 간격을 두고 따라 다녔다.

"와! 무슨 호떡이 저렇게 클까!"

빈대떡만한 호떡을 보고 탄성을 발하던 제갈미경의 눈에 들어온 사람이 있었으니. 추운 날씨에 짧은 치마를 입고 스타킹도 없이 허연 허벅지를 드러내고 앉아 있는 윤지수였다.

윤지수는 당시 개구리를 잡아다 팔고 있었는데, 그 양이 얼마 되지 않았다. 겨우 10여 마리 정도.

제갈미경의 눈이 동그랗게 커졌다. 이유는 윤지수가 너무도 자신과 닮았기 때문이다. 특히 두 눈은 자신과 똑같다는 생각이 들었다. 마침 윤지수도 제갈미경과 눈이 마주치더니 반짝 이채를 띠었다. 순간 제갈미경의 머리는 빠르게 회전하기 시작했다.

"별장에 가서 내 핸드백 좀 가져다 줘!"

제갈미경은 보디가드 장태경을 따돌렸다. 장태경이 마지못해 별장으로 간 사이 제갈미경은 빠르게 자신의 생각을 행동으로 옮겼다.

"그 개구리 다 살게요. 더 있으면 모두 제게 파세요."

제갈미경이 윤지수 앞에 쪼그리고 앉으며 말을 걸었다.

"헌데……! 저랑 참 많이 닮았어요."

윤지수가 제갈미경을 빤히 들여다보며 말했다.

"네, 저도 그렇게 생각해요."

"옷이 참 예쁘네요. 돈이 많으신가 봐요? 부자세요? 비싼 옷 같은데?"

윤지수가 질문을 쏟아냈다.

"네! 호호……."

제갈미경이 웃었다.

"아! 참! 개구리 많은데. 다 살 거라고 하셨죠?"

"네! 다 살게요."

"집에 있는데……. 이거 불법이거든요. 잡아 팔다 걸리면 벌금 나와요. 해서 집에 같이 가셔야 하는데……."

"네! 그래요! 같이 가요. 지금 당장."

제갈미경은 장태경이 돌아오기 전에 얼른 자리를 뜨기 위해 서두르고 있었다. 안 봐도 장태경은 빨리 돌아오려고 있는 대로 속도를 내고 있을 것이다.

"그럼 가요."

윤지수가 주섬주섬 보따리를 챙기며 일어섰다.

"뭘 타고 가죠?"

제갈미경이 윤지수 뒤를 따라 걸어가며 물었다.

"왜요? 전 차도 없을까 봐 그러세요?"

앞에 걸어가며 윤지수가 물었다.

"아! 아뇨…… 그런 뜻이 아니라."

"제 차가 있어요. 형편없는 고물이지만."

윤지수의 말을 들으며 제갈미경은 뛰다시피 걸어야 했다. 윤지수의 발걸음이 무척 빨랐기 때문이다. 양평 5일장을 벗어나자 철다리 아래 금방이라도 폐차장에 갈 듯한 싸구려 1톤 트럭이 한 대 서 있었다. 윤 지수는 그 차에 열쇠를 꽂고 차 문을 열었다.

"타세요."

윤지수가 제갈미경에게 조수석에 타라는 눈짓을 보냈다. 제갈미경 은 얼른 조수석에 올라탔다. 다른 때 같았으면 '이것도 차라고……' 하며 불평했을 텐데, 지금은 자신의 계획을 실행에 옮기기 위해 아쉬 운 쪽은 오히려 제갈미경 자신이었기 때문이다.

"저한테 무슨 할 말이 있죠? 그렇죠?"

차를 운전하며 윤지수가 묘한 미소를 지으며 물었다.

"어떻게 아셨어요?"

"댁의 눈에 그렇게 쓰여 있어요. 그 눈 참 많이 저랑 같거든요."

"그래요. 한 가지 제안을 드리고 싶은데……."

"화끈하게 털어놓으시죠. 빙빙 돌리면 짜증나거든요."

"음…… 그게…… 부모님은 계시나요?"

제갈미경이 뭔가 말하려다 말고 다시 질문하였다.

"제 부모님과도 관련이 있어야 하는 일이군요? 그렇죠?"

"네!"

"엄마 혼자 계세요. 전 아빠 얼굴도 모르고 자랐고요."

"아, 그렇군요!"

"보시면 알겠지만 집이 좀 초라하고 가난해요. 엄마하고 단둘이 살다 보니……."

"아! 네!"

"그럼 본론을 말씀하시죠?"

"저와 한번 바꿔서 살아보시겠어요?"

"네? 뭐라고요?"

윤지수는 설마 제갈미경이 그런 제안을 할 거라고는 생각도 하지 못했다. 너무 어이가 없어서 길가에 차를 세우고 차에서 내렸다.

"이런! 미친! 뭐? 바꿔서 살자고?"

그녀는 땅바닥에 화풀이를 하듯 발로 바닥을 탁탁 찼다.

"황당한 거 알아요. 하지만 이건 진심이에요. 당분간만 한번 그렇게 살아봐요."

제갈미경이 차에서 내려 윤지수 옆으로 걸어와 미안한 표정을 지으며 말했다.

"아무리 닮았어도 그렇지. 댁의 부모님이 당신과 나도 구분하지 못하겠어요? 부모님 안 계세요?"

윤지수는 어이가 없다는 말투다.

"세상이 좋아졌잖아요. 눈만 닮았으면 그까짓 얼굴이나 코 같은 것은 얼마든지……."

"뭐라고요? 그럼 성형을 하자는 건가요? 뭐 이런!"

"제 이야기를 끝까지 들어봐요."

"그만! 그만하세요. 지금 막 욕 나가려고 하거든요."

윤지수가 제갈미경을 놔두고 혼자 차에 올라탔다. 혼자 차를 몰고 떠나려는 것이다. 제갈미경은 그걸 눈치 채고 잽싸게 차에 올라탔다.

"내리시죠."

윤지수가 싸늘하게 말했다.

"제 말을 끝까지 들어봐요. 사례는 할게요. 제가 대신 댁의 어머니를 잘 모시고 매달 월급도

드릴게요."

"월급이라고요? 뭐 이런! 정말 욕 나갈지도 몰라요!"

윤지수는 무척 화가 난 듯 숨소리마저 거칠어졌다.

"제발 부탁드려요. 월급은 매달 1천만 원씩 드릴게요."

"1천만 원?"

윤지수가 깜짝 놀라는 표정으로 묻는다.

"네, 더 달라면 더 드릴게요."

"정말 부자신가 봐요?"

"네! M그룹이라고 아시죠?"

"M그룹? 알죠. 혹시? 댁이 그 유명한 제갈미경?"

윤지수도 제갈미경에 대한 소문을 들은 모양이다. 모든 남성이 사모하는 여자. 결혼 상대자 1순위로 꼽히는 여자. 미모와 재력과 지성을 겸비한 이 시대의 최고의 아가씨.

아무리 시골에 살아도 제갈미경 소문 정도는 들어 알고 있다.

"네, 맞아요! 제가 그 제갈미경이에요."

제갈미경이 살짝 미소를 지었다. 그제야 윤지수가 호기심을 보이기 시작했다.

"그런데 왜? 그 좋은 자리를 저와 바꾸자고?"

"남들 눈엔 그 자리가 좋아 보이죠? 한번 자리를 바꿔서 살아봐요. 숨이 콱콱 막혀서 죽을 지경이에요."

"허……! 복에 겨운 소리네요. 1천만 총각들이 가장 사모하는 자리를 마다하시다니……."

"그렇게 좋아 보이시면 제 부탁을 들어주시겠어요?"

"그게 가능할까요?"

드디어 지수가 호기심을 보이고 있었다.

"제게 기막힌 생각이 있어요."

제갈미경은 뭔가 작전을 말하기 시작했다. 윤지수는 차를 몰고 가면서 제갈미경의 말을 열심히 듣고 고개를 끄떡거리기도 하고 웃기도 했다.

"이곳이 저희 집이에요."

윤지수가 도착한 곳은 고성리라는 깊은 계곡이 있는 시골마을의 작은 목조주택이었다.

"와!"

제갈미경은 탄성을 질렀다.

앞에 폭이 2미터 남짓한 냇물이 흐르고 돌로 축대를 쌓아 굵은 통나무로 지은 주택은 무척 운치 있어 보였다.

"정말 멋진 주택이에요."

마치 어린아이처럼 좋아하는 제갈미경을 바라보는 윤지수는 어이가 없었다. 지겹기 짝이 없는 시골 생활에다가 집이 멋있고 운치 있다는 것 따위는 도통 관심이 없던 윤지수의 마음에 자신의 통나무 집을 좋다고 팔딱팔딱 뛰는 제갈미경이 오히려 정신 빠진 사람처럼 보였다.

"지수 왔니? 누구?"

부엌에서 지수 어머니가 나오다가 제갈미경을 보고 순간적으로 놀라는 표정을 짓더니 물었다. 이미 알고 있는 표정이었으나 순간 표정을 바꾸며 모르는 척했다. 아무리 시골이라 해도 심심하면 텔레비전 화면에 나오는 제갈미경의 모습을 모를 리 없다.

"응, M그룹이라고 그곳의 높은 분인데 날 취직시켜주신다고 해서……."

딸의 말을 듣고 지수 어머니는 순간 눈이 반짝 빛났다. 하지만 워낙 순간적인 일이라 아무도 눈치 채지 못했다.

"그래? 그거 잘됐구나! 에구 고마워라! 그렇지 않아도 빈둥빈둥 노는 다 큰 딸년 보기 싫었는데 고맙기도 하시지. 시장하실 테니 얼른 모시고 들어가라."

지수 어머니는 표정을 바꾸며 반갑게 제갈미경을 맞이했다.

"안녕하세요? 제갈미경이라 합니다!"

제갈미경이 공손히 인사했다.

"그래요, 반가워요. 얼른 들어가요."

지수 어머니는 무척 반가운 표정으로 제갈미경을 맞이했다. 윤지수가 제갈미경을 데리고 방으로 들어가자 지수 어머니는 부엌으로 들어가 음식을 만들기 시작했다.

유민혁은 계곡을 따라 꼬불꼬불 이어진 도로 위를 빠르게 차를 몰고 있었다. 제갈미경의 살인 용의자로 가장 유력한 일명 '딱지'가 다시 움직이기 시작했다는 검사시보의 연락을 받은 터라 급했다.

'고성리'라는 화살표가 그려진 이정표를 따라 우회전을 하던 유민혁 눈에 넓은 강물이 보였다. 보를 막아 논에 물을 대기 위한 시설인데, 워낙 넓고 깊어서 낚시를 하는 사람들이 꽤 많았다. 유민혁은 자기도 모르게 차를 세우고 차에서 내려 낚시꾼 옆으로 걸어갔다.

차 안에 두고 온 핸드폰은 계속 울리고 있는데……. 검사시보의 다급한 전달이 있는 연락이었으나 유민혁은 낚시꾼 옆에 서서 지난 추억에 잠겼다.

"그래! 벌써 7년 전이었어."

유민혁의 머릿속엔 지난 일들이 영상처럼 그려졌다.

대학 2학년 때였다.

머리를 식힐 겸 이곳에 낚시를 왔다.

유민혁이 낚시를 하려고 자리를 잡은 곳에 공교롭게도 어린 아기를 업은 소녀와 더 어려 보이는 소년과 어린아이 두 명이 낚시를 하고 있었는데, 자리에 앉자마자 소년의 기분 나쁜 말투가 들려왔다.

"누나! 우리 자리 옮기자!"

소년은 눈짓으로 유민혁을 가리키며 경계를 했다.

"아저씨 나쁜 사람 아니야! 다들 착하다고 하는데……. 나쁘게 보이니?"

유민혁은 소년을 안심시키며 배낭에서 과자와 음료수를 꺼내 아이들에게 줬다.

"너도 먹으렴."

유민혁은 아직도 경계하고 있는 소년을 미소를 지으며 안심시키려는 노력을 했다. 몇 번을 시도하고 나서야 겨우 소년은 마음을 열었다. 아이들은 좋다고 과자를 먹는데 소년은 경계심을 풀지 않고 겨우 과자 하나를 입에 넣었다.

"보니까 좋은 오빠 같아. 네가 너무 민감한 거야."

소녀가 유민혁과 소년을 보며 한마디 했다. 소녀의 등엔 갓난아기가 업혀서 잠자고 있었다. 두 눈이 무척이나 크고 검은 귀여운 소녀. 소녀의 한마디에 소년은 질투를 느꼈는지 먹던 과자를 칵 하고 뱉어 버렸다.

"미안해요. 정태가 절 보호하려고 하는 것이니 이해하세요. 정태는 제 보디가드거든요."

소녀가 살짝 미소를 지었다.

"험!"

정태라는 소년이 어깨에 힘을 주고 헛기침을 했다.

"아! 미안. 그런 줄 모르고······."

유민혁은 미안한 표정을 지으며 다시 과자를 정태에게 내밀었다.

"누나한테서 좀 떨어져 있어요."

정태는 말에 힘을 주고 폼까지 잡더니 과자를 받아먹기 시작했다. 괜히 어깨에 힘을 주고 폼을 잡던 정태는 어린아이들보다 과자를 더 먹었다.

"전 지수라 해요, 윤지수. 고등학생이에요. 이 아기와 애들은 제 동생들이에요."

"아! 반가워요. 전 K대 2학년 유민혁입니다."

그렇게 윤지수와 유민혁은 처음 만났다. 그러나 정태가 철저히 막아서는 바람에 서로 전화번호를 주고받지 못해 그 후로 다시는 만나지 못했다.

"그래 윤지수. 그녀의 이름이 지수였어."

유민혁은 그날 지수와 헤어진 후 늘 마음속에 지수의 영상이 그려졌는데, 어느 날 갑자기 잊어버렸다.

그리고 오늘 이곳을 지나다가 다시 지수 생각이 떠오른 것이다.

"허! 급한 일을 놔두고 왜 갑자기 그녀 생각이······!"

유민혁은 고개를 흔들며 다시 차에 올라탔다. 차엔 핸드폰이 울리고 있었다. 유민혁이 얼른 핸드폰을 받았다.

"검사님, 어떻게 된 거예요? 제갈현은 이미 여주를 벗어나 고속도로 위를 달리는 중이고요. 딱지는 아직 그 자리예요."

검사시보의 목소리가 다급하게 들려왔다.

"알았어요! 수고했어요. 그만 퇴근하세요."

유민혁이 그 말을 끝으로 전화를 끊었다.

"제기랄! 딱지라도 잡아야겠다."

유민혁은 위험인물 딱지를 잡기 위해 전화로 관할 파출소에 지원 요청을 했다.

어둑어둑한 고성 마을.

딱지를 추적했던 추적기는 차량에서 떼어내 냇물 속에 버려진 채 발견됐다.

제갈미경의 보디가드 겸 수행원. 어느 날부터 마스크를 하고 검은 안경을 쓴 여자가 제갈미경 곁에 항상 붙어 다녔다.

바로 윤지수였다.

제갈미경의 행동 하나하나, 제갈미경의 친구며 만나는 사람들 하나하나, 제갈미경의 회사 일부터 가정생활까지 지수는 그렇게 모조리 익히고 있었다.

3개월의 시간이 흐르고…… 제갈미경의 보디가드 겸 수행원 여자는 사라졌다.

제갈미경과 윤지수는 서로 인생을 바꿔가며 생활하기 시작했다. 월급 1천만 원을 벌기 위해 시작했던 윤지수의 마음에는 차츰 욕심이 생기기 시작했다.

"이 모든 것이 다 내 거라면……"

윤지수는 차츰 완벽한 범죄를 계획하기 시작했다. 바로 제갈미경을 없애고 자신이 그 모든 것의 주인공이 되고 싶어진 것이다. 윤지수는 결국 제갈미경을 자살로 위장시켜 죽였다. 그리고 태연히 제갈현이 오기를 기다린 것이다.

그 계획을 위해 이미 몇 달 전에 어머니는 미국으로 이민을 갔다. 딸의 생각을 눈치 챈 것처럼 보였으나 어째서인지 어머니는 순순히 이민을 갔다.

윤지수는 다른 사람들 손을 빌리면 완전범죄가 될 수 없다는 것을 생각하며 제갈미경이 가평 별장으로 가도록 유도하고 소나무 밑에서 바람을 쐬던 제갈미경의 목에 올가미를 씌워 잡아당겨 소나무 가지에 매달아 죽도록 만들었다. 윤지수는 시골 농부 차림으로 철저히 변장하고 가평 별장으로 숨어들었다.

제갈미경을 매달아놓고는 자신의 발자국이나 흔적들을 철저히 지우고 별장을 떠났다. 물론 시골 농부 차림으로 변장한 그대로 범행을 했으며 지문을 남기지 않기 위해 장갑을 끼는 것을 잊지 않았다. 알리바이를 만들기 위해 정태와 같이 물고기를 잡아 매운탕을 끓여 먹으며 술도 먹어 정태가 술이 취해 잠든 틈에 가평을 다녀오는 철저함을 보였다. 또한 정태가 술이 취하면 지난 것을 잘 잊는 습관을 알고 같이 술을 먹고 잠깐 졸았던 것으로 이야기해서 정태는 술이 취해 잠을 잔 것을 알지 못하게 했다.

철저한 계획에 의해 이루어진 살인.

자신의 부담스러운 생활을 탈피하고 싶던 제갈미경은 그렇게 자신의 삶에서 영원한 도피를 하고 말았다.

　팔뚝 같은 굵은 대나무들이 **빽빽하게** 자란 숲 사이로 오솔길처럼 2미터 정도 넓이의 대리석 길이 곧게 뻗어 있고, 죽림 가운데 오석으로 된 검은 색 이층집이 우뚝 서 있었다. 검은 오석 사이로 누런 호박돌과 하얀 차돌이 박혀 있어 마치 바둑판처럼 보이는 집이었다.

　안산 기슭이다.

　무악재 중간 지점에서 산허리를 타고 조금 오르면 나타나는 울창한 죽림. 울타리를 싫어하는 제갈현의 취향에 맞춰 지어진 집인데 말이 울타리가 없지 죽림은 천연의 울타리 역할을 톡톡히 한다. 사람은 물론 개나 고양이도 접근하기 어려운 죽림이다.

　제갈현은 울타리를 싫어하지만 반대로 오수경은 철저한 보안을 좋아하는 스타일이다. 그런 까닭에 죽림 속은 오수경의 온갖 절진이 펼쳐 있다.

　누군가 이런 말을 할 정도다.

　"제갈현의 집 죽림은 뱀도 지나가지 못한다."

　말 그대로 무시무시한 죽림으로 유명했다.

　제갈미경의 방은 2층 남향에 있었다.

　제갈미경, 아니 윤지수는 제갈현을 따라 제갈현의 집으로 왔다. 몇 년을 바꿔 살아온 터라 제갈현의 집은 눈 감고도 돌아다닐 수 있을 정도였다.

　제갈미경은 자신의 방에 누가 들어오는 것을 무척 싫어한다. 가정부도 정원사도, 심지어 아빠 엄마도 자신의 방에 못 들어오게 한다. 철저히 혼자 있고 싶을 땐 방해받지 않고 싶어 하고, 자신의 사생활이 누구에게 노출되는 것 또한 싫어했다. 제갈미경은 자신의 방은 자신이 항상 청소를 했다.

윤지수는 방으로 들어온 후 자신의 가방에서 검은 비닐 봉투를 꺼냈다. 봉투를 열어 그 속에서 물건을 꺼냈다. 칫솔과 화장품, 머리빗. 그리고 투명한 비닐 봉투에는 머리카락이 담겨 있었다. 모두 제갈미경의 것이었다. 혹시나 모를 만약을 대비한 것이다. 제갈현이나 오수경은 그래도 제갈미경의 부모다. 아무리 제갈미경으로 철저히 위장한다 해도 이상하다는 생각이 들 수도 있다. 만약에 의심해서 유전자검사라도 몰래 해보려고 할지 모르기 때문에 그것에 대비해 미리 준비한 것이다.

윤지수는 욕실에 제갈미경의 칫솔을 걸어두고, 방에 제갈미경의 머리카락을 몇 개 떨어뜨렸다. 그런 후 방문을 열고 밖으로 나갔다.

"엄마! 나 친구 좀 만나고 올게!"

지수는 목소리까지 제갈미경처럼 했다.

"늦지 않도록 해라! 저녁은 집에 와서 먹고."

오수경이 늘 하던 말을 그대로 되풀이했다.

"알았어!"

지수는 현관문을 열고 건물 밖으로 나갔다.

"제가 모시겠습니다! 아가씨!"

보디가드 장태경이 정원에서 기다리고 있었다.

"장형! 오늘부터 보디가드 직에서 해고예요! 이유는 아시겠죠?"

지수의 목소리는 싸늘했다.

"죄송합니다!"

장태경은 예상했다는 듯 순순히 받아들였다.

"도대체 왜 제 친구를 지키지 못했죠? 왜요?"

지수는 눈물까지 글썽이며 원망했다.

"잘 가세요!"

지수는 그 말을 남기고 휙 돌아섰다.

"당신 생각은 어때요?"

1층 거실에 마주 앉은 제갈현과 오수경은 지수에 대한 이야기를 나누고 있었다. 오수경이 뭔가 석연치 않다는 듯 제갈현의 생각을 묻고 있었다.

"나한테 다 생각이 있어! 그러니 좀 더 두고 보자고."

"생각이라니요? 그렇다면 당신도 지금 우리 집에 있는 아이가 우리 딸이 아닐지도 모른다는 거죠?"

"아니야! 난 저 애가 내 딸이 틀림없다고 확신해. 난 우리 미경이를 모습으로만 보지 않아."

"모습으로만 보지 않으면요?"

"냄새로 느껴. 우리 딸 냄새……. 먼저 죽은 아이는 냄새가 틀렸어. 저 아이는 냄새가 맞아. 우리 딸이야."

"당신도 참! 여자들 냄새란 향수 영향이 많아요. 향수를 바꾸면 냄새도 틀리죠. 당연한걸."

"그러니까 말이야. 우리 미경이가 갑자기 향수를 바꿀 리가 없잖아. 안 그래?"

"하긴 그래요. 당신 생각이 맞아요. 죽은 줄 알았던 딸이 살아왔는데. 이처럼 좋은 날 내가 왜 이러는지 모르겠어요."

"그야 녀석들이 우리도 모르게 서로 바꿔가며 살았다는 사실이 걱정거리를 만들어주기 때문에 별별 생각이 다 드는 거야. '혹시 저 녀석이 내 딸이 아니라면? 아니면 죽은 녀석이 진짜 내 딸이면?' 하는 물음을 나도 수없이 반복하거든."

"그러니 이런 생각을 지우려면 어떻게 하는 것이 좋을까요?"

"방청소 잘해놨지?"

"그럼요!"

"그럼, 정 믿음이 안 가면 유전자검사를 해보자고. 녀석 방에 머리카락이나 칫솔 같은 것을 가지고, 알았지?"

"그럼 지금 당장?"

"아니야! 내일 아침에 녀석이 출근하거든 당신이 녀석 몰래 검사해봐!"

"알았어요. 그래야 의심이 풀리지 않겠어요? 그렇게 해요."

오수정은 이제야 안심이 된다는 표정이다.

유민혁은 딱지의 추적을 실패하고 자포자기 심정으로 다시 추억의 낚시터로 향해 밤새 낚시를 하고 있었다.

"젠장! 개 같은……! 이러니 햇병아리 검사란 말을 듣는 거야. 한심한……. 그런 놈을 놓치다니……. 이런 내가 무슨 검사야."

유민혁은 신경질적으로 낚싯대를 휘둘렀다.

"악!"

여인의 비명이 터진 것은 바로 그때였다. 유민혁은 얼른 뒤를 돌아봤다. 옆에서 낚시를 나온 젊은 남녀가 있었는데, 그중 여인이 아마도 유민혁이 휘두른 낚싯바늘에 걸릴 뻔한 모양이다.

여인이 토끼눈을 뜨고 유민혁을 바라보고 있었다.

"어이쿠 죄송합니다."

유민혁이 얼른 사죄했다.

"큰일 날 뻔했어요. 조심하시지."

여인이 무척 놀랐다는 표정을 짓더니 빙긋 미소를 지었다. 사과를 받으니 오히려 쑥스러웠던 모양이다.

그래…… 낚싯바늘.

그날도 그랬어.

윤지수라는 그 소녀의 귀를 낚았지.

난 항상 조심성이 없는 게 문제야.

윤지수 그녀의 귀에는 아직도 그때의 흉터가 남아 있을 텐데……. 유민혁과 윤지수가 처음 만났을 때 그의 실수로 그녀는 큰 상처를 입었다. 바로 유민혁이 휘두른 낚싯바늘에 윤지수의 귀가 걸린 것이다. 귓불 끝을 꿰어 5밀리미터 정도 찢어지고 말았다.

"하하……."

유민혁은 웃음을 참지 못하고 크게 웃었다. 옆에서 낚시하던 남자가 의아한 표정으로 힐끗 쳐다본다.

그래.

그때 그 보디가드라던 민정태 그 녀석에게 무척 얻어맞았지. 어린 녀석이 무슨 주먹이 그리 매운지, 하하……. 유민혁은 정태에게 얻어맞던 생각을 하고 웃은 것이다. 병원에 데리고 간다고 해도 끝내 자기가 보디가드라면서 유민혁의 호의를 거절했다.

무엇 때문일까? 몇 년 동안이나 그녀 생각을 한 것은. 사시 때문에 바빠서 어쩌다보니 잊긴 했는데. 다시 생각하니 좀처럼 그녀 생각이 지워지지 않았다.

자꾸만 떠오르는 그 소녀 생각.

유민혁은 결국 이곳 낚시터로 다시 오고 말았던 것이다.

"하하…… 그랬어! 몇 번인지 몰라도 꿈속에서 그녀와 사랑을 나누기도 했어, 마음속으로는 이미 그녀를 사랑이라도 했다는 것일까? 아직도 그녀가 내 가슴속에 남아 있어. 그래서 김진영 그녀를 시보로 받아들였는지도 몰라. 느낌이나 눈이 윤지수 그녀와 너무 비슷하거든."

유민혁이 혼자 중얼거렸다.

저녁을 먹을 시간에 맞춰 돌아온 지수는 밥을 먹고 슬그머니 2층 방으로 갔다. 비록 바꿔가며 살아온 사이지만 상대가 죽었는데 기뻐

서 웃고 그러면 안 되기 때문에 슬픈 표정을 유지하고 있었다.

방으로 들어온 지수는 방에 떨어뜨린 제갈미경의 머리카락이 그대로 있는 것을 발견하고 바닥에 쪼그리고 앉아 하나씩 비닐 봉투에 담았다. 하얀 보자기로 자신의 머리카락이 떨어지지 않게 머리를 감싸고 앉아서 비닐 봉투를 깔고 발톱을 깎았다.

톡.

조심해서 잘 깎았는데 발톱 하나가 어디로 날아갔는지 도무지 찾을 수 없었다. 아무리 찾아도 보이지 않자 포기하고 욕실로 들어갔다. 핸드백에서 칫솔을 꺼내 양치질을 하고 칫솔은 다시 핸드백에 넣었다. 조심해야 돼. 미경의 칫솔과 머리카락이 없어질 때까지 철저하게 조심해야 돼. 지수는 자신에게 주문을 외듯 중얼거리며 욕실을 나왔다. 거울 앞에 서서 자신의 옷에 머리카락이 묻어 있나 검사를 마치고서야 지수는 잠자리에 들었다.

지수 눈에 가평 별장에서의 일이 영상처럼 지나간다.

제갈미경이 소나무 아래에 있는 야외 의자에 앉아서 깊은 생각에 잠겨 있고, 자신은 나뭇가지 위에서 허리에 밧줄을 묶고 한쪽은 올가미를 만들어 제갈미경의 목에 걸고 나뭇가지에서 자신이 반대로 뛰어내려 제갈미경을 매달아 죽게 했던 일. 그 일은 이미 몇 개월 전부터 계획된 일이었다.

"나 이제 그만하고 싶어!"

지수가 제갈미경에게 신경질적으로 말했다.

"왜? 또 왜 그래?"

"우리가 겉모습만 바꾸면 뭘 해? 부모라면 딸자식 냄새도 모를까?"

"그렇다면?"

"이제부터 너 향수를 바꿔. 내가 네가 쓰는 향수를 혼자만 쓸게."

"그렇게 하면 계속 할 거지?"

"응! 그래."

"이제 그만 할래!"

"왜? 또?"

"네 보디가드 말이야! 좀 떼어놓고 가평 별장에서 만나자!"

"그렇게 하면 계속 할 거지?"

"응! 그래!"

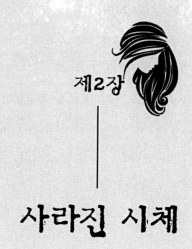

제2장

사라진 시체

"갑자기 왜 윤지수 그녀가 생각나는 걸까? 그래! 바로 이거야!"

유민혁은 가방에서 서류가 든 봉투를 꺼냈다. 봉투에서 사진을 한 장 꺼내든 유민혁.

"그래! 이 여자 제갈미경. 비슷해······. 윤지수 그녀와······. 단지 코가 좀 더 크고 볼이 조금 가늘다는 것 외엔 똑같아! 윤지수 그녀가 성형을 조금만 한다면 이 모습 아닐까? 음······ 그래! 그녀를 찾아보자. 뭔가 해답이 나올 것도 같아. 제갈현이 왔다가 간 곳. 아마 그 동네에 산다고 그랬지. 그 당시 그녀가."

유민혁은 주섬주섬 낚싯대를 거둬 가방에 넣었다.

"하하······ 그 녀석도 아마 그곳에 살겠지?"

유민혁 눈에 당찬 정태 모습이 떠올랐다.

"그 아이들은 아직도 같이 살까? 얼른 보고 싶다."

낚싯대를 다 챙긴 유민혁은 얼른 그 자리를 떠나고 있었다. 벌써 날이 훤하게 밝아오는 새벽이었다.

덜컹덜컹······.

청량리를 출발한 완행열차가 새벽 공기를 헤치며 달리고 있었다.

"오늘이 양평 장인가요?"

"양평 장은……! 양동 장이야!"

젊은 아주머니의 물음에 나이 많은 할머니는 그것도 모르느냐는 듯 한심하다는 투로 대답했다. 입석으로 된 완행열차엔 시골에서 농작물을 채취해서 팔려고 나온 할머니들의 보따리들이 객실 바닥에 가득했다.

"아따! 젊은 것들이 양평 장, 양동 장 그런 걸 알겠어? 늙은이들이나 목구멍에 풀칠하려고 이 지랄하지."

한마디로 젊은 아주머니를 너무 핀잔주지 말라고 옆의 할머니가 한마디 하는 것이었다.

"집의 영감탱이는 아직도 반찬 타령이야?"

"그놈의 영감탱이 입이 워낙 고급이라서 생선이라도 있어야 밥을 처먹는데 어쩌누."

"지랄 맞은 영감탱이. 젊어서는 바람 피워 속 썩이고 늙어서는 반찬 타령이나 하고. 이제 노름은 안 하누?"

"안 하긴. 틈만 나면 그 지랄인데 손모가지를 탁 부러뜨려야 안 하지."

두 할머니의 대화에 장날을 묻다가 핀잔을 들은 젊은 아주머니가 끼어들었다.

"얼마짜리 하시는데요?"

"얼마짜리라니?"

"노름 말이에요. 점에 얼마짜리 하냐고요?"

"점에 얼마짜리가 뭐여?"

젊은 아주머니의 질문을 이해하지 못한 할머니가 옆 할머니에게 물었다.

"얼굴에 점 하나 빼는 데 얼마냐고 묻는 모양인데?"

"점도 없는 것이 어째 그딴 것을 묻누?"

할머니는 젊은 아주머니의 얼굴을 찬찬히 뜯어보며 의아한 표정으로 물었다.

탁탁…….

젊은 아주머니는 답답하다는 듯 주먹으로 가슴을 탁탁 친다.

"하룻밤에 할아버지는 돈을 얼마나 잃고 그러시냐고 묻는 말이에요."

보다 못한 중년 남자가 옆에서 설명했다.

"아! 요즘 젊은 것들이 하는 말은 이해를 못한다니까. 진작 그렇게 물을 것이지……."

할머니는 그제야 이해가 된다는 표정이다.

"이집 영감탱이는 완전 노름꾼이여. 하룻밤에 3만 원도 잃었다고 했지?"

옆 할머니가 젊은 아주머니를 보고 말하고는 옆 할머니에게 물었다.

"3만 원이 뭐여. 먼저는 5만 원도 잃고 왔더라고."

"킥……!"

두 할머니의 대화에 한쪽에서 듣고 있던 젊은 남자가 웃었다. 바로 제갈미경의 보디가드 장태경이다.

"이놈! 왜 웃냐?"

장태경의 웃음소리가 비웃음으로 들렸는지 할머니는 버럭 소리를 질렀다. 장태경은 웃음을 참지 못해 웃었다가 야단을 맞자 당황했다.

"젊은 것이 어디서 비웃고 지랄이야!"

옆 할머니까지 거들고 나섰다.

"아, 아닙니다! 요즘 3만원, 5만 원이 돈입니까? 그래서 웃은 건 데…… 죄송합니다."

장태경은 얼른 사죄했다.

"들었냐? 젊은 것들은 3만 원, 5만 원은 돈도 아니라잖아."

"아! 그거야 맞는 말이지. 우리야 대가리 아프도록 보따리 이고 장에 가서 하루 종일 다 팔아야 겨우 버는 돈이지만."

"이놈아! 5만 원이면 소고기가 몇 근인 줄 알아?"

할머니는 장태경에게 다그치듯 물었다. 화는 풀어진 표정이다.

"소고기요?"

장태경이 다시 반문했다. 소고기 값을 알 턱이 없는 장태경에게 물었으니 대답할 수 없었던 것이다.

"저놈, 소고기가 한 근에 얼마인 줄 모르는 모양이다."

"젊은 것들이 그렇지. 처먹을 줄은 알아도 얼마인지 알 턱이 없지."

두 할머니가 장태경을 한심하다는 눈으로 바라보았다.

"죄송합니다! 맞아요. 저야 음식점에서 사 먹기만 해서…… 죄송합니다."

장태경이 쑥스러운 표정을 지었다.

"그래, 네놈은 어딜 가누?"

할머니가 장태경을 나무란 것이 미안했는지 다정한 표정을 지으며 물었다.

"저도 양동에 갑니다."

"양동? 뉘 집에 가누?"

"혹시 윤지수라고 아시는지?"

"이놈이 우릴 촌닭으로 아네. 이놈아! 그 색시 모르는 사람도 있냐?"

"맞아! 그 색시 모르면 양평사람 아니지, 암!"

두 할머니는 당연하다는 투로 주거니 받거니 했다.

"윤지수 그 아가씨, 양평 사람이면 다 알죠. 대통령이 누군지는 몰라도 그 아가씨는 알죠."

옆에서 젊은 아주머니가 끼어들었다.

"그 정도로 유명해요?"

장태경이 물었다.

"유명하다마다."

"암! 유명하지. 어릴 때부터 양평군 내 5일장이란 장은 다 다니며 그 물건을 팔았지."

"암! 그 물건은 그 색시만 팔았어!"

"뜀박질도 잘하지."

"암! 단속 경찰이 오면 언제 사라졌는지 귀신도 놀라자빠질걸."

"얼굴은 얼마나 예쁘다고. 거기다 효녀지."

"그러니까 복 받아 좋은 회사에 취직했다 안하더냐?"

"월급이 한 달에 1천만 원이 넘는다지?"

"그렇다고 소문이 파다했잖아."

"어디 소문뿐이야? 가끔 장날 나타나서 우리 할망구들 물건 모조리 팔아주곤 했지."

"암! 암! 지수는 천사야. 암! 천사지."

"오늘은 나올라나?"

두 할머니는 윤지수를 무척 좋아하는 눈치다. 그도 그럴 것이 제갈미경이 윤지수로 있으면서 가끔 장날 나와서 불쌍한 할머니들 보따리를 모조리 비워주고 갔다.

……윤지수. 그래! 제갈미경인지 윤지수인지, 누가 죽은 것인지. 윤지수 그녀가 살던 곳에 가면 실마리가 풀릴 것이다. 내 반드시 죽은 사람과 산 사람이 누구인지 밝혀내고 말 것이다. 장태경은 지그시 눈을 감고 생각을 정리하기 시작했다.

그래.

언제부터인가 제갈미경이 낯선 기분이었어. 제갈미경을 윤지수처럼, 윤지수를 제갈미경처럼 보디가드랍시고 따라다녔더니 어느 순간부터 누가 진짜 윤지수이고 제갈미경인지 자신조차도 잊어버렸다. 이제 시간도 많으니 차근차근 누가 누구인지 정리해야겠다.

장태경은 할머니들 대화 따위는 이젠 관심도 없었다.

제갈현은 회장실에서 여비서가 갖다 주는 모닝커피를 마시고 있었다.

똑똑…….

노크 소리가 들렸다.

"무슨 일이냐?"

"저기, 기획실장님이 오셨는데요."

여비서가 문을 살짝 열고 들여보내도 되느냐고 물었다.

"들여보내."

제갈현은 커피 잔을 입으로 가져가며 말했다. 문이 열리고 제갈미경, 아니 윤지수가 들어왔다. 윤지수는 회사 기획실장을 맡고 있었다. 말이 실장이지 사실상 회사의 제2인자 자리다.

"앉아라!"

윤지수는 제갈현의 앞자리에 앉았다.

여비서가 커피를 한 잔 가지고 들어와 윤지수 앞에 놓고 공손히 인사를 하고 나갔다.

"무슨 일이냐? 아침부터?"

제갈현이 커피 잔을 내려놓으며 지수를 보고 물었다.

"제2공장부지 매입 건 말인데요. 제게 맡겨주시면 안 될까요?"

"네가?"

"네! 지리적 여건도 고려해야 하고 땅값도 고려해야 하지만, 무엇보다 지방자치단체에서 많은 후원을 해주는 곳을 선택하고 싶어요."

"지자체의 후원이라. 흠…… 그것도 좋은 생각이다. 여러 가지 여건을 고려해서 결정하도록 해라!"

"감사해요, 아빠!"

쪽…….

지수는 제갈현의 볼에 뽀뽀를 했다. 제갈미경의 습관적인 애교인 것이다.

바로 그때.

똑똑…….

노크 소리가 들렸다.

"무슨 일이냐?"

"회장님! 윤 이사님이 오셨는데요?"

여비서가 문을 살짝 열고 묻는다.

"들어오시라 해!"

제갈현은 지수에게 그만 나가보라는 눈짓을 했다.

"큰일 났습니다! 이번에 장례를 치른 따님, 아니 친구분 묘가 파헤 쳐지고 시신이 사라졌습니다."

윤지수가 나가기도 전에 이미 50이 넘은 윤 이사가 다급하게 들어 오며 말했다.

"뭐요? 뭐라고요?"

제갈현이 자리에서 벌떡 일어섰다.

"묘가 파헤쳐지다니요? 그게 무슨 말이에요?"

윤지수가 파랗게 질려 다시 물었다.

"오늘 아침에 회장님 지시대로 비석을 바꾸려고 인부들이 갔는 데……."

"갔는데요?"

"묘가 파헤쳐지고 시신이 사라졌다고 연락을 해왔습니다."

"그게 무슨? 혹시 묘를 잘못 안 거 아니에요?"

"아닙니다! 혹시나 해서 관리인에게 확인을 요청했는데 친구분 묘가 맞다 하더군요."

"헉!"

갑자기 윤지수가 비틀거리더니 주저앉아버렸다. 얼굴이 파랗게 질려서 의자에서 금방이라도 넘어질 듯 보였다.

지수가 출근하고 나서 가정부 아주머니가 세탁기를 돌리려고 세탁실에 들어간 사이에 지수 어머니가 2층 지수 방으로 올라갔다. 손에는 투명한 비닐 봉투를 들고.

방으로 들어간 지수 어머니 오수경은 우선 화장대에 꽂혀 있던 머리빗을 들고 머리카락을 뜯어내어 비닐 봉투에 담았다. 오수경은 바닥에 떨어진 머리카락도 몇 개 주워 비닐 봉투에 담고 욕실로 들어갔다. 오수경은 욕실에서 칫솔도 새로운 비닐 봉투에 담았다.

"아야!"

욕실을 나서던 오수경은 발바닥에 뭔가 찔리는 통증에 앉아서 발바닥을 살폈다.

발톱이다.

지수가 발톱을 깎다가 실수로 흘리고 찾다가 못 찾고 포기한 그 문제의 발톱.

오수경은 발톱도 머리카락과 함께 담았다.

"그래! 잘하는 거야! 찜찜한 것보단 낫지."

오수경은 지수 방을 나가며 스스로 잘한 짓이라고 판단을 내렸다.

회사 회장실······.

"제가 가볼게요!"

지수가 정신없이 뛰쳐나갔다.

"윤 비서!"

제갈현이 비서를 불렀다. 깜찍한 미모에 키가 큰 여비서가 들어왔다.

"윤 비서가 지수를 따라가 운전 좀 해! 저 녀석 정신이 없어서 운전

하다간 큰일 나겠어!"

"네! 알겠습니다. 회장님!"

여비서가 얼른 지수 뒤를 따라 뛰어나갔다.

"녀석, 얼마나 친한 친구였는데. 그 친구가 죽은 충격도 아직 가시

지 않았는데 이 무슨 괴변이란 말인가?"

제갈현이 사무실 천장을 쳐다보며 탄식했다.

지수의 집.

오수경이 지수의 머리카락과 발톱, 칫솔을 들고 나간 후 가정부 아

주머니는 세탁실에서 세탁을 마치고 집안 청소를 하기 시작했다.

스르륵······.

현관문이 열렸다.

"누구? 어! 아가씨! 어쩐 일이세요?"

가정부 아주머니는 집으로 들어오는 지수를 발견하고 물었다.

"네! 깜빡하고 회사에 가져갈 서류를 놔두고 갔지 뭐예요."

지수는 얼른 2층으로 올라갔다.

지수는 방으로 들어가 벽에 걸린 액자를 들어 내렸다. 액자 뒤 벽지에 사진이 한 장 붙어 있었다. 사진을 손으로 누르자 마치 문처럼 열렸다. 손만 겨우 들어갈 정도의 공간이 나타났다. 지수는 그 속에 손을 집어넣었다.

가정부 아주머니가 거실 청소를 하다가 2층에서 내려오는 지수를 발견하고 얼른 준비한 신발을 내밀었다.

"이거 신으세요. 신고 오신 신발이 너무 더러워서 제가 빨았어요."

"아! 그 운동화요? 좀 더럽죠? 그냥 버리시지. 고마워요."

지수는 가정부 아주머니가 두 손으로 건네주는 하이힐을 받아 신었다. 반짝반짝 윤이 나도록 닦았다. 가정부 아주머니가 정성을 다해 닦은 것이다.

"아줌마!"

지수는 얼른 달려들어 두 팔로 가정부 아주머니를 끌어안았다. 어릴 때부터 함께해온 아주머니라 정이 깊었다.

"아가씨도, 참!"

아주머니가 지수의 등을 손바닥으로 토닥거리며 흐뭇한 표정을 지었다.

"갈게요!"

지수는 얼른 아주머니에게서 떨어져 후다닥 밖으로 뛰쳐나갔다.

"이상도 하시지. 아침에 분명히 단화를 신고 나가셨는데 무슨 운동
화를 저렇게 더럽게 만들어 가지고 오신담."

아주머니는 고개를 갸웃거리며 창문을 열고 밖으로 나가는 지수
의 뒷모습을 지켜보고 있었다. 지수는 대문을 열고 밖으로 나가 골
목길을 걸어서 차츰 사라졌다.

"차는 어디에 두고……."

아주머니는 고개를 좌우로 흔들며 다시 청소를 시작했다.

시골길…….

유민혁은 차를 세워두고 좁은 밭 사이 길을 걷고 있었다. 저쪽에
냇물이 있고 통나무로 만든 다리가 하나 놓여 있는 것이 보였다. 그
건너편에 아름다운 통나무집이 한 채 있었다.

바로 지수네 집이다.

유민혁이 동네 사람들에게 물어물어 겨우 찾아온 것이다.

"다 왔군! 오면 뭘 하나. 빈집이라는데……. 그 앞집이 정태 그 맹
랑한 꼬마 집이라고?"

민혁은 황토 벽돌로 벽을 만들고 지붕은 기와를 올린 꽤 큰 집을
유심히 바라보았다. 바로 지수네 집 앞에 있는 정태네 집이다.

"……!?"

유민혁은 뭔가 발견하고 반짝 이채를 띠었다. 지수네 집과 정태네
집 사이의 큼직한 바위 위에 손으로 턱을 괴고 마치 생각하는 사람
조각처럼 앉아 있는 정태를 발견한 것이다.

"저 녀석이 정태인가보군!"

민혁의 발걸음이 조금 빨라졌다.

"넌! 누구야?"

두 눈을 멀뚱멀뚱 뜨고 민혁을 바라보며 정태가 물었다.

"녀석, 말투가 아직도 그대로군!"

"뭐? 녀석? 너 맞을래?"

마치 어디에 분풀이라도 할 곳을 찾던 녀석처럼 정태가 벌떡 일어나 다짜고짜 주먹을 날렸다. 민혁은 얼른 뒤로 물러나며 엄살을 피웠다.

"어이구! 사람 잡을라. 그놈 참 성질도 여전하군!"

"뭐? 그놈? 놈? 이게 죽으려고 용쓰고 있어!"

정태가 이번엔 이단 옆차기를 날렸다.

"어이구 사람 살려!"

민혁이 엄살을 피우며 이리저리 도망 다녔다.

"……!?"

계속 헛발질을 하자 정태가 의아한 표정을 지으며 멈췄다.

"왜? 이젠 사람 잡기 싫으냐?"

민혁이 미소를 지으며 정태를 바라보고 섰다.

"너! 넌 누구냐? 왜 왔어? 또 우리 지수가 어쩌고저쩌고 떠들려면 그냥 가는 것이 좋을 걸! 얻어터지기 전에."

"그런 사람들이 많이 다녀간 모양이지?"

"말도 마라! 방송국이다, 신문기자다, 뭐다 하면서. 왜 나만 귀찮게 하는지. 넌 아니냐?"

"아! 나도 맞아! 난 수사를 하려고 온 검사다."

민혁이 자신의 신분을 밝혔다.

"하하하……."

갑자기 정태가 가소롭다는 투로 웃었다.

"……!?"

"네가 검사라고? 하하하…… 네가 검사면 난 대통령이다! 야! 맞을래? 그냥 꺼질래?"

정태가 갑자기 엎드려 돌멩이 하나를 손에 들었다. 금방이라도 던질 기세다.

"검사 맞아!"

누군가 민혁 뒤에서 나타나며 말했다.

"어! 너도 보디가드. 나도 보디가드. 우린 형제다, 그치?"

정태가 무척 반가워하는 눈치다. 바로 제갈미경의 보디가드 장태경이다.

"그래, 네가 형이지!"

"암! 내가 형이야."

정태가 형이 된 이유는 둘이 싸워서 이겼기 때문이다.

"장태경 씨?"

민혁이 물었다.

"네! 내가 장태경이요. 저 형은 민정태고요."

"형이라…… 장태경 씨가 나이가 더 많은 것으로 보이는데요?"

민혁이 궁금증을 참지 못하고 물었다.

"보이는 것이 전부는 아니죠. 보디가드는 나이순이 아니라 실력 순이니까요."

"아!"

민혁이 이제야 눈치 채고 정태를 향해 엄지손가락을 치켜세웠다.

"검사라고?"

정태가 민혁에게 물었다.

"응!"

"네가?"

"응!"

"그런데 왜 왔어? 나한테 뭘 물어보려고?"

정태가 이젠 민혁에게 호의를 보였다.

"언젠가…… 그러니까 7년 전 저 앞 강에서 낚시를 하다가 지수 귀를 낚싯바늘로…… 기억나?"

민혁이 물었다.

"낚싯바늘? 그럼 그때 그 멍청이?"

"멍청이는 아니지."

"아니긴! 멍청이지. 고기는 못 잡고 사람 귀만 낚았잖아?"

"하긴…… 그런데! 너 왜 자꾸 반말이야? 내가 나이가 얼마나 많은데? 네 누나 지수도 날보고 오빠라 했잖아."

"으이그…… 저 멍청이."

갑자기 정태가 장태경의 눈치를 살핀다.

"너! 나이가 어렸어? 우리 아가씨보다 어리면서 친구라고 말까지 놓고?"

장태경이 금방이라도 공격할 태세다.

"으이그…… 저 멍청이가 산통 다 깼네. 흐흐흐……."

갑자기 정태가 슬금슬금 도망을 친다.

"거기 서! 어린 녀석이 감히 아가씨와 친구라고? 저게! 이리 안 와!"

장태경이 뒤를 쫓는다.

"내가 저 멍청이와 동급생이냐? 네가 오라고 하면 냉큼 가게?"

정태는 이미 까마득히 달아났다.

묘지…….

수많은 묘지들 사이로 좁은 길을 따라 가파른 언덕을 승용차가 올라가고 있었다. 윤 비서가 운전을 하고 그 옆 좌석에 지수가 앉아 있었다. 언덕을 헐떡거리며 올라온 승용차는 가장 위 양지바른 곳에 멈추었다.

좌청룡 우백호.

왼쪽 산등성이와 오른쪽 산등성이를 길게 두고 가운데 조금 불룩 튀어나온 곳에 묘지가 있었으나 이젠 모두 파헤쳐지고 깊은 구덩이만 보기 흉하게 남아 있었다. 지수는 비틀거리며 차에서 내려 파헤쳐진 묘지 앞으로 걸어갔다.

"어서 오세요! 아가씨!"

묘지 관리인으로 보이는 나이 많은 아저씨가 몹시 안절부절못하며 인사했다. 지수는 고개를 까딱하며 건성으로 인사를 받고 파헤쳐진 묘지 가까이 다가갔다.

"아가씨, 단화 버리겠어요."

관리인이 진흙탕을 밟는 지수를 염려해서 말했다.

헌데…….

헌데 말이다.

분명히 지수는 집에 들러 가정부 아주머니가 갈아 신으라고 준 하이힐을 신고 나오지 않았던가. 혹시 차에다 놔두고 신기 편한 단화로 바꿔 신은 것일까?

"전혀 목격자도 없나요? 무덤을 파냈으면 본 사람이라도 있을 것 아니에요?"

지수는 제정신이 아니었다. 묘지 관리인을 붙잡고 악을 쓰기 시작했다.

"죄송합니다! 정말 죄송합니다!"

묘지 관리인은 연신 죄송하다는 말만 되풀이했다.

"경찰에 연락은 했죠?"

조금 진정한 지수가 묘지 관리인에게 물었다.

"네! 아가씨가 오기 전에 이미 다녀갔어요."

"윤 비서!"

지수는 묘지 관리인 이야기를 듣고 갑자기 여비서를 불렀다.

"네!"

여비서가 얼른 대답했다.

"관할 경찰서로 가자!"

"네! 알겠습니다."

"묘지는?"

떠나려는 지수 등 뒤에 대고 묘지 관리인이 물었다.

"그냥 덮으세요. 보기 흉하네요."

지수는 뒤도 돌아보지 않고 말했다.

"알겠습니다. 안녕히 가십시오."

묘지 관리인의 인사는 지수가 이미 차를 타고 문을 닫은 상태라 듣지 못했을 것이다.

"경찰서에서 연락이 왔는데요. 묘지를 파낸 사람을 잡았다고 하네요. 얼른 가보세요."

지수가 막 산을 내려와 큰 도로에 접어들었을 때 묘지 관리인으로부터 연락이 왔다.

고양 경찰서 형사 2과.

지수는 화가 잔뜩 난 표정으로 경찰서 형사과에 들어섰다.

"저 아가씨예요."

나이가 50대 후반으로 보이는 남자 두 명이 형사들 앞에 앉아 조사를 받고 있다가 지수를 발견하고 동시에 말했다.

"……!?"

지수는 무슨 소리인지 영문을 몰라 형사와 두 50대 남자를 번갈아 바라보았다.

"M그룹 기획실장이십니다."

여비서가 얼른 형사에게 명함을 건네며 지수를 소개했다.

"아! 네! 어서 오십시오."

형사는 방금 두 피의자가 지수를 지목했기 때문에 의문스런 눈초리로 지수를 보고 있었다.

"방금 그 말은 무슨 뜻이에요?"

지수가 두 남자에게 물었다.

"아가씨가 어젯밤에 30만 원씩 주고 그 묘를 파라고 시켰잖아요."

두 50대 남자가 동시에 말했다.

"제가요? 어젯밤에?"

지수는 어이가 없었다.

"네! 어젯밤 우리한테 돈을 주고 그 유골함은 어디 다른 곳에 묻을 데가 있다고 가져가셨잖아요?"

조금 마른 50대 남자가 말했다.

"유골함?"

지수가 의아함을 감추지 못하고 이게 무슨 말이냐고 여비서에게 물었다.

"화장해서 안장했어요."

"화장? 그걸 왜 이제 말해?"

지수는 무척 다행이라고 생각했다. 이미 화장했다면 자신이 염려한 일은 없을 테니까. 지수는 누군가 시신을 꺼내 부검을 하거나 유전자검사를 하면 어쩌나 조바심이 났던 것인데 화장을 했다니 안심이 됐다. 그래, 그까짓 유골함 가져가서 뭘 하려고. 갑자기 지수의 마음은 편해졌다.

"이 사람들 말이 사실입니까? 집적 묘를 파헤치시고 유골 도난 신고를 하신 겁니까?"

형사는 어이없다는 투로 물었다.

"무슨 말씀이세요? 실장님은 오늘 이곳이 처음이에요. 장례식에도 물론 이곳에 묘가 있는 것도 모르신단 말이에요."

여비서가 대신 설명했다.

"사실입니까?"

형사가 다시 지수에게 물었다.

"그래요? 화장해서 안장을 한 사실도 방금 알았고요. 묘가 이곳에 있다는 것도 처음 알았어요."

지수가 말했다.

"아니에요. 어젯밤 이 아가씨가 우리한테 돈도 줬단 말입니다."

두 남자는 답답하다는 표정이다.

"제가 틀림없었나요?"

지수가 두 남자를 향해 얼굴을 들이대며 물었다.

"네! 틀림없어요. 옷만 틀리고……. 신발도 운동화를 신었는데. 틀림없이 아가씨 맞아요."

"허! 내가 틀림없다고요? 정말 나처럼 생겼어요?"

"네! 밤이라 자세히 보진 못했어도 틀림없어요."

"아니야! 좀 틀린 것 같기도 하고. 맞는 것 같기도 하고."

한 남자는 헷갈리는 모양이다.

지수는 비틀거렸다. 여비서가 얼른 부축했다.

"나랑 닮았다고? 나랑 닮은……"

지수는 넋이 나간 표정이다.

졸졸졸…… 시냇물이 흐르고, 몇 발자국 정도 넓이의 냇물에 돌다리가 세 개 놓여 있었다.

유민혁은 돌다리에 걸터앉아 발을 물에 담그고 있었다.

"안 추워요?"

정태가 건너편 잔디밭에 비스듬히 드러누워 민혁을 바라보며 말했다.

"발이 차가우면 정신이 번쩍 들지. 그래야 정답이 떠오르지. 그러니까 네 말은 지수와 미경이 서로 바꿔가며 살았다 이거지? 지수는 제갈미경의 모습과 똑같이 성형도 하고?"

"아니라니까요. 처음부터 지수 누나와 미경이 누나 얼굴은 똑같았다고요. 몇 번 말해야 알아들어, 쳇!"

"그래! 똑같았는데 코와 볼, 귀를 수술했다?"

"나 참! 코와 볼은 지수가 고치고 귀는 지수처럼 미경이가 흉터를 만들었다고요. 말귀를 못 알아들어."

"이놈아! 알아들었다. 어쨌든 넌 미경이와 지수를 구분할 수 있다,

이거지?"

"그럼 지수 누나와 내가 어릴 때부터 같이 살았는데 미경이가 그런 과거 이야기를 알 리 없잖아."

"뭐? 그렇다면 말을 시켜봐야 알 수 있다는 거야?"

"당근이지. 얼굴에 난 솜털까지 같은데. 이빨에 말투까지 똑같아서 구분을 못한다니까."

"그럼! 제갈현 M그룹 회장이 와서 데리고 간 사람은 분명히 제갈미경이라고?"

"그렇다니깐. 내가 어릴 때 이야기를 물었더니 모르더라고. 해서 지수 누나가 아니란 걸 알았지. 그것도 술이 취해서 물어본 건데……."

"술이 취했다고?"

"그렇다니깐. 모두들 와서 지수 누나가 죽었다던 그날 우리 둘이 술을 마셨지."

"언제부터 언제까지?"

"무슨 말이에요? 언제까지라니? 그날이라니깐."

정태가 답답하다는 표정을 지었다.

"이놈아! 답답한 건 나야. 몇 시부터 몇 시까지 술을 마셨느냐고?"

"아! 진작 그렇게 물었어야지. 검사란 사람이 한글도 제대로 모르고 어떻게 검사가 됐지? 돈 먹고 됐나. 음…… 그러니까 오전 11시부터 다음날 아침까지 계속 마셨어. 아 참! 이건 비밀인데. 지수 누나는 술이 약해. 소주 한 병이면 해롱해롱. 하하…… 미경이 누난 엄청 세지. 나랑 대적할 만하거든.”

“음…… 제갈미경이 죽은 것이 아니라 윤지수가 죽었다. 제갈미경의 알리바이는 확실하다. 지수는 술이 약하다. 이게 오늘 얻은 수확이군! 근데 너무 안타깝군!”

“뭐가요?”

“이놈아! 존대를 쓰려면 계속 써야지. 반말하다 존대하다 헷갈리게.”

“아, 그럼 그러지 뭐. 뭐가 안타까운데?”

“이놈 봐라? 이젠 반말을 하겠다, 이거지? 이놈아! 내가 지수 씨를 보고 싶었는데 못 보게 돼서 안타깝다 이거야.”

“킥킥…… 보고 싶었는데 못 보게 됐다 이거야? 킥킥…… 언제 봤다고 지수 씨 보고 싶어? 킥킥…….”

정태가 배꼽을 잡고 웃더니 벌떡 일어나 자기 집으로 들어가 버렸다.

“그만 가시죠? 가시는 길에 저도 좀 태워주시고요. 막차를 놓쳤네요.”

언제 나타났는지 장태경이 민혁 뒤에서 말했다.

“막차라니요? 이제 겨우 3시인데?”

“여긴 완행열차만 정차하는데 2시 50분이 막차랍니다.”

“잘됐군요. 가면서 물어볼 것도 있는데.”

“그럴 줄 알고 기다리고 있었습니다.”

장태경이 미소를 지었다. 검사 유민혁이 자신에게도 뭔가 질문이 있을 것이라 여기고 기다린 것이다.

회사 기획실.

덜컹 문이 열리고 지수가 들어왔다.

"모두 앉아요."

지수가 들어오는 것을 보고 직원들이 일어서자 지수가 손을 들어 앉으라는 신호를 하며 말했다. 지수는 책상에 앉아 서랍을 열고 뭔가 찾더니 뭔가를 주머니에 넣고 다시 나갔다.

헌데…….

지수는 하이힐을 신고 있었다.

잠시 후 지수는 다시 기획실에 들어왔다.

무척 지친 표정이다.

"앉아요!"

지수는 직원들이 일어나는 것을 보고 앉으라는 손동작을 하며 말했다. 직원들이 서로 얼굴을 쳐다보며 이상하다는 표정을 지었다. 방금 나갈 땐 분명히 체크무늬 상의에 짧은 하얀색 치마였는데, 지금은 녹색 상의에 회색 바지를 입고 있었다. 신발도 아까는 하이힐이었는데, 지금은 검은색 단화다. 거기다 진흙까지 묻었고.

"금방 옷을 갈아입으셨나?"

"아직도 바꿔가며 사시나?"

직원들이 귓속말로 소곤거렸다.

붉게 물든 석양은 차츰 그 빛을 잃어가고, 회색 도화지에 붓으로 그림을 그리듯 엷은 새털구름들이 하늘에 흩어져 동쪽부터 차츰차

즘 어둠속으로 사라지고 있었다.

민혁은 장태경을 태우고 막 팔당대교를 건너고 있었다.

민혁은 성남에 살았다. 가는 길에 장태경을 삼성동에 내려주고 가려는 것이다.

"그러니까 정리를 해보면 말이지. 윤지수가 살아 있는 사람이고, 제갈미경이 죽은 것 같다? 그 이유로는 너무도 완벽한 알리바이와 마치 기다렸다는 듯 제갈현을 따라 올라와서 친구가 죽었다는데 슬픈 표정이나 묘지를 찾아갈 생각도 없는 것이 수상하다? 허면 간단하네요. 현재 살아 있는 사람의 유전자검사를 해보면 확실할 것 아닙니까?"

"이미 사모님이 검사를 의뢰했을 겁니다. 오늘 아침에 검사를 의뢰하려는 움직임이 있었다는 보고를 받았습니다."

"누구에게요?"

"그…… 그건! 좀."

"비밀이 있다 이겁니까?"

"네! 이해를 좀."

장태경이 미소를 지었다.

"비밀이라! 별로 비밀도 못되는 건데 무슨 비밀이라고 합니까? 아침 시간에 회장님 댁에 사모님과 또 한 사람이라면 바로 가정부 아닙니까? 그러니까 장태경 씨에게 비밀을 전해준 사람은 다름 아닌 바로 가정부 아주머니시군요? 그렇죠?"

"역시 검사님이라 다르군요. 그렇습니다. 그 가정부 아주머니가 제

어머니십니다. 하하……."

"어머님이라……. 그렇다면 회장님 댁 일은 장태경 씨가 훤히 알고 게시겠군요?"

"다는 아니고요. 일부는."

"한 가지 부탁해도 될까요?"

"무슨?"

"제갈미경 방에 들어가서 머리카락과 사모님이나 회장님 머리카락을 좀 부탁드립니다."

"아니 왜요? 사모님이 검사를 이미 의뢰했을지도 모르는데요?"

"그걸 말씀하시겠어요? 물어볼 수도 없는 노릇이고."

"아! 알겠습니다. 허나 한 가지 문제가 있습니다. 제갈미경의 방은 절대 출입할 수 없습니다. 사모님이나 회장님까지도 출입을 못하게 되어 있습니다."

"아니 왜요?"

민혁이 의아한 표정으로 물었다.

"제갈미경의 성격 탓입니다. 누가 자기 사생활 엿보는 것을 질색합니다. 하여 자기 방에 누가 출입하는지 감시카메라까지 설치되어 있습니다. 만약 가정부가 출입했다가 걸리면 바로 해고입니다. 부모님이 출입해도 난리를 치고 문까지 철저히 잠그곤 한답니다. 해서 출입금지 구역이 됐죠. 하하……."

"그렇다면 사모님은 어떻게?"

"전원을 끄고 들어가셨다는 보고입니다. 하하……."

"그래도 정전에 대비해서 감시카메라는 배터리에 충전되는 장치가 있는데? 아마 2시간은 거뜬할 걸요?"

"네! 그래서 2시간 이상 기다린 후에 들어가셨다고 합니다. 그래서 저희 어머님도 눈치를 채신 거구요."

"아! 네!"

"그러니 머리카락 수거는 힘들 것 같군요."

"아무튼 기회를 봐서 꼭 구해 달라고 부탁 좀 드려보세요."

"어렵다니까요. 아무튼 뭐…… 말씀은 드려놓을게요."

민혁은 삼성동에 장태경을 내려주고 성남 집으로 갔다.

안산 기슭 제갈현의 집.

제갈현과 오수경이 마주하고 앉아 있다. 제갈현의 서재다.

"그래, 검사 결과가 벌써 나왔다고?"

"네! 요즘은 한두 시간이면 나오잖아요."

오수경이 들고 있던 서류봉투를 현의 앞 책상 위에 올려놓았다. 현이 봉투에서 서류를 꺼내 읽어본다.

"발톱은 또 뭐야?"

현이 서류를 읽다가 물었다.

"방바닥에 떨어져 있기에 같이 검사해봤어요."

"미경이 발톱을 떨어뜨렸다고? 그녀석이? 칠칠치 못한 행동은 안하는 녀석인데. 허허……."

"아무튼 그것으로 오해는 풀렸어요. 다행이에요. 모두 친자관계가 성립된다잖아요.”

“그래! 그럴 줄 알았어! 괜히 찜찜해서 검사는 해봤지만⋯⋯. 검사한 사실은 비밀로 해. 이 서류도 없애버리고. 알았지?”

“네! 알았어요. 우리 딸이 알면 얼마나 서운해하겠어요. 비밀로 해야지요. 암!”

“내가 내일 아침에 가지고 나가서 회사 문서 파쇄기에 넣어버릴게.”

현이 서류 봉투를 자신의 손가방에 넣었다. 그런 현을 바라보며 오수경은 묘한 미소를 지었다. 오수경은 얼른 자신의 방으로 들어와 누런 봉투를 하나 들고 밖으로 나갔다. 집 밖으로 나온 오수경은 멀리 마을 어귀에 있는 그린하우스까지 걸어와 누런 봉투를 쓰레기통에 버렸다.

휘잉~

바람이 한 점 훑고 지나간 쓰레기통 속엔 오수경이 버린 누런 봉투에서 뭔가 바닥으로 흘러 나왔다. 머리카락과 발톱이다.

방으로 들어온 지수는 머리카락과 욕실 칫솔이 사라진 것을 발견하고 회심의 미소를 지었다.

지수는 잠시 뭔가 생각하더니 벽에 걸린 액자를 들어 내렸다. 액자 뒤에 붙은 그림을 눌러 손이 들어갈 정도의 공간에 손을 집어넣었다.

“⋯⋯!?”

지수가 고개를 갸웃했다.

"여긴 나와 미경이만 아는 비밀 공간인데? 없어졌어. 감시카메라 녹화 테이프가. 내가 깜빡 했나! 아니면 미경이가? 에구 이런 실수를……"

지수는 얼른 책상 서랍에서 테이프를 꺼내 벽에 나 있는 작은 공간에 집어넣고 한참을 주물럭거렸다.

"휴…… 됐다."

지수는 다시 액자를 벽에 걸었다.

흥얼흥얼……

지수는 콧노래를 부르기 시작했다. 지수는 방청소를 시작했다. 제갈미경의 머리카락을 말끔히 청소해서 쓰레기통에 담았다. 지수는 쓰레기통을 들고 1층으로 내려갔다.

"어! 아가씨! 제가 마침 쓰레기 버리러 나가는데 같이 갖다버릴게요."

가정부 아주머니가 지수가 들고 내려온 쓰레기통을 받아 들었다.

"그럼 부탁해요."

지수는 거실 소파에 앉았다. 가정부 아주머니가 쓰레기를 버리고 오면 쓰레기통을 가지고 올라갈 생각이다. 늘 그랬으니까. 자기 방엔 아무도 못 들어가게 하는 성격이니까. 제갈미경은.

쓰레기통을 받아 들고 나가는 가정부 아주머니는 조금 전 아들이 전화를 해서 부탁하던 것을 기억했다.

"사모님 들어오셨죠? 반응이 어때요?"

"흐뭇해하시는 표정이더라. 아마 검사 결과가 잘 나온 모양이야."

"그럼! 제갈미경 아가씨가 맞네요. 다행이에요."

"그래, 다행이다."

"검사님이 그래도 아가씨 머리카락과 사모님이나 회장님 머리카락을 좀 수거해 달라고 부탁하던데요. 어렵겠죠?"

"당연히 어렵지. 그래도 한번 어떻게 해보마."

너무 쉽게 대답한 것을 후회하고 있었는데 이렇게 기회가 쉽게 찾아올 줄은. 가정부 아주머니는 쓰레기통을 뒤져 머리카락을 수거하면서 회심의 미소를 지었다.

"우리 딸!"

거실로 나오던 오수경은 지수를 발견하고 애정이 듬뿍 담긴 얼굴로 불렀다.

"엄마!"

지수가 애교를 떨며 소파에서 일어나 오수경에게 달려가 와락 안겼다.

"우리 딸, 엄마가 내려주는 커피 한잔 마셔줄 수 있지?"

"당근이지! 난 세상에서 엄마가 내려주는 커피가 최고더라."

지수가 오수경의 볼에 뽀뽀하며 애교를 떤다.

"여보! 지수만 챙기지 말고 나도 좀 챙겨주지."

현이 나오며 농담을 던졌다.

"아빠가 질투하나 봐."

지수가 오수경의 등 뒤에서 두 팔로 안고 애교를 부리며 말했다.

"아빠께도 뽀뽀를 해주렴! 엄마는 커피 내려가지고 오마!"

"아빠!"

지수는 현에게 달려가 볼에 뽀뽀하며 애교를 떤다. 현이 연신 빙글
빙글 웃는다. 가정부 아주머니가 들어오다가 그 모습을 보고 자신이
수거한 머리카락을 슬쩍 본다. 괜한 헛고생을 하는 기분이 든 모양
이다.

제3장

탐정 소녀

삼성동에서 민혁의 차에서 내린 장태경은 지하철을 탔다.

장태경의 집은 화곡동이다. 지하철을 30분 이상 타야 집에 갈 수 있다. 복잡한 지하철에 몸을 비집고 들어가 겨우 사람들 틈에 끼어서 있었다.

"……!?"

막 서초를 지났을 때 장태경의 눈에 누군가 보였다. 사람들 틈에 섞여 자세히는 알 수 없지만 옆 객차에 분명히 제갈미경이 보였던 것이다. 장태경은 두 눈을 손으로 비비며 실없는 미소를 지었다. 잘못 본 모양이다.

"내가 왜 이러지?"

태경은 고개를 좌우로 흔들며 힐끗 다시 옆 객차를 바라보았다.

"……!?"

분명히 제갈미경이다.

태경은 사람들 틈을 비집고 헤쳐 나가기 시작했다. 옆 객차로 가려는 것이다. 사람이 많아 좀처럼 움직일 수 없었다. 겨우겨우 옆 객차로 왔는데 지하철이 멈춰 섰다. 사람들이 우르르 쏟아져 나간다. 태경은 사람들을 열심히 살피며 제갈미경을 찾았다.

"……!?"

제갈미경이 전철에서 내려 저만큼 걸어가는 것이 보였다. 체크무
늬 상의에 흰색 짧은 치마, 굽이 높은 하이힐.

태경이 따라가려고 차에서 내리려는데 사람들이 우르르 몰려들어
온다. 나갈 수가 없다.

"저기 잠시만요."

태경이 사람들을 비집고 나가려고 안간힘을 쓰지만 열차 문은 닫
히고 만다. 열차가 떠나며 걸어가는 제갈미경 앞으로 열차가 지나간
다. 태경이 살펴보니 분명히 제갈미경이다.

"도대체 아가씨가 왜? 전철을 타고 어딜 가는 걸까? 이 시간에? 여
긴 절친 이초희가 사는 동네인데."

태경은 이제야 제갈미경이 왜 이곳에 왔는지 이해가 갔다. 제갈미
경의 절친 이초희를 만나러 가는 모양이다. 태경은 차츰 멀어져가는
미경의 모습을 지켜보고 있었다.

부산 해운대.

유명한 해수욕장을 끼고 있어서 밤엔 유흥업체가 대낮처럼 불을
밝히고 휘청대는 거리. 그 거리 한편에 제갈진수가 있었다.

젊은 나이에 국내 굴지의 M그룹 M산업 사장의 자리에 있던 제갈
진수. 제갈미경보다 뛰어난 똑똑하고 예쁜 아가씨를 데려오라는 총
수 제갈현의 엉뚱한 게임에 장단을 맞춰 부산으로 내려온 제갈진수
는 남들의 이목을 피해 은밀히 만나고 있던 여자친구 집으로 찾아

온 것이다.

손미래. 24세. K대학 경제학과 4학년.

제갈진수의 숨겨뒀던 여자친구다. 2년 전 미스 해운대에 참가한 경험이 있는 미인이었다. 머리가 무척 좋아 대학 4년 동안 장학금을 한 번도 놓친 적이 없었다.

손미래의 부모님은 제법 규모가 큰 술집을 운영하고 있었다.

손영혼. 57세. 폭력전과 6범.

조은희. 53세. 사기전과 6범.

바로 손미래의 부모 이력이다. 하지만 제갈진수가 손미래의 부모 이력서까지 검토하고 사귀고 있는지 그것은 모른다.

조은희는 제갈진수를 위해 정성스레 음식을 만들고 있고, 제갈진수와 손미래는 정원을 산책하고 있었다. 정원이라고 해야 옥상에 화분을 이용한 나무와 꽃들로 꾸며진 작은 공간에 불과했다. 3층 건물이라서 앞의 높은 건물들 때문에 바다가 보이지도 않고 답답한 빌딩들 벽이 사방을 가로막고 있었다.

"회장님께서? 정말 그렇게 말씀하셨단 말이야?"

손미래가 얼굴에 화색이 돌며 초롱초롱한 눈으로 제갈진수를 바라보고 물었다. 무척 아름다운 얼굴이다.

"그렇다니깐. 3개월 안에 죽은 딸보다 예쁘고 똑똑한 여자친구를 데려오라고 하셨어. 그래야 그룹을 물려준다나 뭐라나. 하하…… 어차피 그 M그룹 회장은 내가 될 건데 말이야."

제갈진수가 당연하다는 투로 호탕하게 웃으며 말했다.

"아직 모르나 봐? 오빠가 어떤 사람인지."

"쉿! 낮말은 새가 듣고 밤 말은 쥐가 듣는다 했어. 여긴 높은 빌딩들에 둘러싸인 공간이야. 조심해야 돼. 어디서 누가 우릴 지켜볼지 모르는 일이거든."

제갈진수가 사방을 두리번거리며 목소리를 낮췄다.

"상대가 배국환이라며? 행정고시와 사법고시를 패스한 천재잖아?"

손미래가 걱정스런 표정을 지었다.

"이번에도 네 부모님이 도와주시리라 믿어."

제갈진수가 빙그레 미소를 짓는다.

"또? 혹시 오빠, 나까지 이용하려는 건 아니지?"

손미래가 의심스러운 눈초리로 제갈진수를 노려봤다.

"헉! 무슨 천벌 받을 소리를? 내가 그런 사람으로 보여? 이 오빠를?"

"어려운 일만 있으면 우리 부모님의 도움을 요청했잖아. 우리 부모님은 이젠 그런 일에서 손을 씻었다니깐."

손미래가 의심스런 눈으로 제갈진수를 바라보며 조금씩 뒷걸음질하고 있었다.

"아니라니깐. 이번이 진짜 마지막이야. 딱 한 번만 부모님께 부탁해줘. 응?"

"뭘? 그 배국환이 여자친구를 데려오지 못하게 처리하라고?"

손미래가 어이없다는 표정으로 묻는다.

"그래! 이게 다 우리의 미래를 위해서야. 너와 나의 찬란한 미래를……."

"오빠의 미래겠지. M그룹 회장이 되면 나 같은 건 거들떠보지도 않을 텐데?"

"미래야! 정말 오빠를 못 믿어? 어떡하면 믿을래?"

"결혼해. 혼인신고도 하고. 그럼 믿어주지."

"그건 안 된다고 몇 번을 말해? 그렇게 되면 당장 사장자리에서도 해고될 텐데. 이게 다 너와 나를 위해 그런 거야. 조금만 믿고 기다려줘."

"이미 사장 자리에선 해고됐다며?"

"그거야 회장님께서 게임을 하려고 잠시 그렇게 한 거지. 진짜는 아니잖아. 알면서 왜 그래?"

"그러니까 그게 이상해. 왜 회장님께서 그런 게임을 하시는지……. 대체 무슨 속셈일까?"

"속셈?"

"그래! 오빤 그런 생각 안 해봤어?"

"음……! 그러고 보니 이상하긴 하다. 왜 그런 게임을 시작한 거지? 회장 자리를 물려줄 적임자를 고르는 방법은 다른 것도 많은데. 왜 하필 여자친구를 데려오라고 하셨을까?"

"왜 그런 게임을 하셨을까?"

"글쎄……! 왜지?"

손미래와 제갈진수는 고개를 갸우뚱했다.

따르릉~

제갈진수의 핸드폰이 울렸다.

"무슨 일이야?"

제갈진수가 신경질적으로 전화를 받았다. 전화를 건 사람은 아마도 부하직원 같았다.

"뭐? 미경이가 살아서 돌아왔다고?"

"무슨 소리야?"

손미래가 화들짝 놀라 물었다. 제갈진수가 핸드폰을 끄고 손미래를 바라보며 어이없다는 표정으로 고개를 갸웃했다.

"무슨 소리냐니깐?"

"제갈미경이 살아 있대. 회장님 따라 집으로 돌아왔대."

"무슨 뚱딴지같은 소리야? 죽은 애가 어떻게 살아서 돌아와? 장례식도 치렀다며?"

"글세, 이게 무슨 말인지……. 아무래도 내가 직접 올라갔다가 와야겠다."

제갈진수가 서둘러 건물 안으로 들어갔다. 손미래도 고개를 갸웃뚱하며 뒤따라 들어갔다.

그들이 입에 올린 배국환은 그 시각에 서울 중심부에 있었다. 무슨 이유에서인지 제갈진수와 마찬가지로 배국환도 숨겨둔 여자친구가 하나 있었다.

박하나. 26세. 서울의 명문 S대 국문과를 졸업하고 종로에서 조그만 커피숍을 운영하는 당찬 아가씨다. 서글서글한 눈매가 서구적인 인상을 풍기는 제법 몸매가 잘 다듬어진 미인이다.

박하나의 부모님에 관한 것은 비밀이다. 아직까지 배국환에게 말하지 않았다. 아니, 배국환 역시 관심을 갖지 않았다. 단 하나의 면에서 배국환과 박하나 둘의 생각은 일치했다. 부모와 우리는 별개다. 둘은 그런 생각으로 서로의 부모 이야기는 배제하고 사귀고 있었다. 둘에겐 비밀이 하나 있었다. 공통된 비밀이다.

오늘은 커피숍 문을 닫고 둘만의 시간을 보내고 있었다. 방금 전 끈적끈적한 관계가 있었던 듯 둘은 온몸이 땀으로 젖어 있었다.

"재미있는 영감님이네."

박하나가 재미있다는 표정을 지었다.

"무슨 꿍꿍이가 있을 테지."

배국환이 입가에 미소를 지었다.

"무슨 꿍꿍일까?"

"글쎄……"

"아마……! 죽었다는 그 딸의 범인과 관련된 무엇을 찾는 것 아닐까?"

"나도 그런 생각이 들었어. 멍청한 진수 녀석이 숨겨둔 애인을 내세우려고 아마 무슨 짓을 꾸밀 텐데……"

"무슨 짓이라니?"

"내가 너를 그 회장님에게 데려가지 못하게 방해하려고 말이야."

"설마……? 그 진수란 사람 여자친구 부모님이 깡패라며?"

"그래! 폭력전과 6범. 사기전과 6범."

"몸조심해야겠다."

"잠수 좀 타라!"

"내가? 왜?"

"이번에 널 내세우면 네가 위험해질 것 같아. 어디서 다른 여자를 좀 찾아보려고."

"역시 자기는 머리가 좋단 말이야. 그 무식한 것들은 왜 영감 손에서 놀아나지? 멍청하게."

"하하하…… 그러니까 내가 안심하고 다음 계획도 세울 수 있잖아."

"다음 계획이라니?"

"오수경과 윤지수를 미끼로 킬러 사냥을 하려고."

"그렇다면? 설마…… 그 안개 속의 보스를?"

"하하하……."

"위험한 일이야. 그를 찾아도 자기와 나 둘만의 힘으론 제거하기 힘들거니와 맞붙어봐야 우린 한주먹거리도 안 돼! 나머지 네 명이야 우습지만 말이야."

"알아! 하지만 그가 누군지 아직 모르잖아. 모르면서 두려워하는 건 좀. 하하하……."

놀라는 박하나의 표정이 재미있다는 듯 배국환의 웃음은 그칠 줄 몰랐다.

따르릉…….

핸드폰 벨소리가 배국환의 웃음을 멈추게 했다.

"무슨 일이야?"

배국환은 최대한 조용한 음성으로 전화를 받았다. 부하직원에게 늘 대하는 태도다. 말 한마디도 조심스럽게 하는 배국환이다. 해서 부하 직원들에겐 인기가 좋다.

"뭐? 아가씨가 살아 있다고? 응? 그래서? 아! 알았다."

핸드폰을 닫고 주머니에 넣은 뒤 배국환은 묘한 미소를 지었다.

"왜? 드디어 예상했던 계집애가 나타났어?"

"그래! 미경이라고 회장이 데리고 왔다는군. 지금까지 미경이 행세를 하던 그 계집애가 맞을 거야. 둘이 서로 바꿔가며 살았으니까. 아마도…… 죽은 미경이를 그년이 죽인 게 아닐까 하는 생각이야."

"호호호…… 재미있는 회장이야. 진짜 딸이 죽자마자 바로 그 가짜를 데려왔다 이거네?"

"하하하…… 다른 사람은 몰라도 우린 다 알지. 제갈미경이 윤지수를 내세워 이중생활을 했다는 것을."

"호호호…… 그 성형수술을 한 의사가 내 오빠란 걸 그들은 모를 거야. 호호호……."

"하하하…… 제갈미경이 철저히 바꿔치기하려고 찾아간 시골 의사가 하필 하나 오빠란 걸 몰랐을 거야. 하하하……."

"호호호……."

배국환과 박하나는 재미있다는 듯 배꼽을 잡고 웃고 있었다.

유민혁은 밤새 윤지수와 함께했다.

낚싯바늘에 귀를 다쳤던 그때 그 모습 그대로. 함께 낚시도 하며, 손을 잡고 넓은 벌판을 달리기도 하고 즐겁게 웃기도 했다.

갑자기 싸늘한 표정으로 민혁의 손을 뿌리친 지수가 뒤돌아서서 도망칠 때까지 민혁은 날이 새는 줄도 모르고 곤한 잠에 빠져 있었다.

"으으…… 무슨 일이지. 그녀의 꿈을 또 꾸다니. 몇 년 전부터 잊고 있었던 그녀. 윤지수를 다시 생각해서 그런 꿈을 꾼 것인가."

민혁은 정신을 차리려고 세면기에 찬물을 틀어놓고 머리부터 감았다. 시원했다. 정신이 맑아졌다.

"그래! 오늘은 직접 그녀를 만나봐야지. 제갈미경이 맞는다면 나와의 추억은 모를 것이고, 지수라면 나와의 추억을 기억할 거야."

민혁은 직접 M그룹 기획실로 윤지수를 찾아갈 생각을 했다. 한번 마음먹으면 끝을 봐야 하는 성격 탓인가. 민혁은 무척 서두르고 있었다. 5분도 안 돼서 샤워를 마치고 간단하게 보약 엑기스 한 봉지를 뜯어 마신 민혁은 뛰다시피 주차해둔 집 근처 골목으로 이동했다.

막 자동차 문을 열려고 하는데 핸드폰이 울렸다.

"햐! 이 아가씨, 정말 부지런하군!"

민혁이 핸드폰을 들여다보고 미소를 지으며 말했다. 전화를 건 사람은 검사시보 진영이었다.

"아침부터 무슨 일이에요?"

민혁이 핸드폰을 받으며 물었다.

"검사님이 부탁하신 제갈미경의 머리카락과 제갈현의 머리카락이 확보됐습니다."

"아! 그래요? 장태경은 지금 어디 있죠?"

"새벽에 이걸 저에게 넘기고 급히 떠나셨어요. 뭐라더라……! 제갈미경이 둘이라던가. 뭐 그러면서……."

"아! 그래요? 그거 유전자 감식 좀 부탁해요."

"네!"

갈 길이 급한 마음에 서둘러 전화를 끊고 차에 올라탄 민혁은 시동을 걸었다.

"……!?"

막 차를 출발시키려던 민혁은 갑자기 시보 진영의 말이 생각났다.

"뭐? 제갈미경이 둘이라고? 이건 또 무슨 말이지?"

고개를 갸우뚱하던 민혁은 서둘러 차를 출발시켰다. 민혁은 운전하면서 장태경에게 전화를 걸었다.

"네! 장태경입니다."

"유민혁입니다."

"아! 검사님께서 무슨 일로?"

"제갈미경이 둘이라니? 그게 무슨 뜻입니까?"

"아! 네. 어머니께서 분명히 지저분해진 운동화를 대신해서 하이힐을 내드렸는데, 잠시 후 아가씨가 다시 돌아왔는데 단화를 신고 있더랍니다. 해서……."

"엥? 그거야 신발을 바꿔 신을 수도 있잖아요? 회사나 아님 다른 곳에서 얼마든지."

"네, 그건 그래요. 그래서 한 가지 확인을 하려고 갑니다."

"확인이라니요?"

"실은 어젯밤 전철을 타고 가다가 아가씨를 봤습니다. 서초역에서요."

"서초역이라면?"

"네! 아가씨의 친구 이초희가 그곳에 삽니다. 아주 친한 친구죠."

"그렇다면 친구분을 만나러 가신 모양이죠."

"네! 헌데…… 그 시각에 아가씨는 분명히 집에 있었다고 어머니께서 말씀하셨거든요. 해서…… 한 번 확인해보려고요."

"네! 그랬군요. 그럼 수고하세요."

민혁은 대수롭지 않게 생각하며 전화를 끊었다.

"이 친구, 아가씨를 무척 좋아했군! 헛것을 보고 말이야."

민혁은 입 꼬리를 살짝 올리며 웃었다.

한 시간이 지난 후 민혁은 M그룹 기획실 앞에 도착했다.

똑똑…….

민혁은 문을 두드렸다.

"어떻게 오셨어요?"

젊은 남자가 문을 열고 나와 물었다.

"기획실장님 좀 뵈러 왔습니다."

민혁은 신분증을 내밀며 말했다.

"아! 실장님은 요즘 기자들이다 뭐다 너무 피곤해하시니 다음에 찾아오십시오."

젊은 남자는 냉정하게 문을 닫고 들어가 버렸다.

"허! 검사 체면에 말이 아니군!"

민혁은 어쩔 수 없다는 표정을 지으며 돌아서려는데, 누군가 자신을 유심히 지켜보고 있다는 것을 알고 모른 척하며 긴 복도를 천천히 걷기 시작했다.

저벅저벅.

드디어 자신을 지켜보던 그가 움직이기 시작했다. 바로 민혁의 뒤를 따라오고 있었다. 민혁은 비상구 문을 열고 계단으로 내려가기 시작했다. 대부분 비상계단엔 감시카메라가 없기 때문에 누군가 민혁에게 할 말이 있다면 반드시 그런 곳에서 접촉을 시도할 것이다. 그걸 알기에 민혁 쪽에서 최적의 장소를 제공하려는 것이다.

저벅저벅.

발소리가 점점 가까워지자, 민혁이 자신의 생각이 옳다고 회심의 미소를 지을 바로 그때.

퍽.

민혁의 뒤통수에 강한 충격이 전해졌다. 민혁은 힘없이 계단 위로 쓰러졌다.

"한 번만 더 우리 아가씨 괴롭히면 죽인다."

가물가물한 민혁의 의식 속에 그 한마디가 전해졌다.

지수는 수행원 세 명과 사무실을 나와 엘리베이터를 타고 내려가고 있었다. 새로 지수의 부하직원이 된 젊은 청년들이었다. 제갈현의 특별 지시로 지수의 신변을 보호하기 위한 특별 임무를 맡은 직원들이었다. 회사 모든 직원들의 이목을 받으며 지수는 수행원들과 같이 당당히 회사 정문을 나가 고급 승용차에 올라타고 천천히 어디론가 떠났다.

지수는 밤색 짧은 단화를 신고 있었다.

또각또각…….

반들반들한 검은색 하이힐을 신은 여자가 계단을 오르고 있었다. 사람의 왕래가 없는 어둠침침한 비상계단을 천천히 오르는 여자. 희미한 불빛에 그 모습이 드러났다. 지수였다. 조금 전 수행원들과 회사를 나갔던 바로 그 지수가 다시 회사 비상계단을 오르고 있는 것이다. 천천히 오르던 지수의 눈에 무엇인가 보였다. 바로 피를 흘리며 쓰러져 있는 민혁이었다.

"여보세요? 여보세요? 정신 좀 차려 봐요."

지수가 민혁을 발견하고 얼른 쪼그리고 앉아 손으로 민혁의 머리를 잡고 흔들며 말했다. 민혁의 머리 뒤로 피가 조금씩 흘러나와 바닥에 떨어져 얼룩을 만들어놓았다.

"이 사람 많이 다쳤네. 119를 불러야겠어."

지수는 급히 핸드폰으로 119에 전화를 걸어 민혁의 위치를 알려주고 다시 계단을 오르기 시작했다.

M그룹 6층. 기획실.

바로 제갈미경이 실장으로 있던 그 기획실이다. 제갈미경이 죽고 다시 나타난 제갈미경. 지수는 제갈현의 특별 지시로 회사 안전부서가 있는 3층에 관리본부란 이름을 걸고 본부장으로 취임했다. 해서 6층 기획실은 사무실을 지키는 단 두 명만 있었다.

늙은 아주머니 민 씨와 늙은 아저씨 박 씨. 바로 회사에서 별로 쓸모가 없는 정년퇴직 직전의 두 남녀였다.

"아……함!"

길게 하품하던 박 씨가 민 씨를 바라본다. 꾸벅꾸벅 졸고 있는 민 씨를 보며 박 씨도 졸음이 쏟아졌다. 의자를 뒤로 밀어 벽에 기대어 놓고 박 씨는 편한 자세로 누웠다. 두 눈을 감고 잠을 청했다. 하루 종일 찾아오는 사람도 없는 사무실. 할 일도 없는 두 사람. 민 씨도 그런 박 씨를 힐끗 보고는 자세를 편하게 하여 두 눈을 감았다.

헌데 바로 그때, 문이 벌컥 열렸다. 화들짝 놀라 두 눈을 동시에 뜬 두 사람은 벌떡 일어섰다.

"아가씨!"

두 사람은 동시에 소리쳤다. 무척 반가운 말투다.

"안녕하셨어요? 광고부 만년 대리 딱지도 이제 얼마 안 남았죠?"

사무실로 들어온 사람은 바로 지수였다. 반들반들한 검은 하이힐을 신은 지수는 방긋 웃으며 박 씨에게 물었다.

"네! 네! 절 기억하시는군요?"

박 씨는 자신을 알아주는 지수가 무척 고마웠다.

"왕년의 판매왕. 영업부 민 과장님도 이젠 늙으셨군요."

"오! 저도 알아보세요? 전에 한 번 뵌 것뿐인데?"

민 씨도 지수가 자신을 기억해주자 무척 고마웠다.

"네! 제가 중학교 1학년 때였죠?"

"네! 그걸 기억하시다니. 정말 우리 아가씨 맞네요. 다들 돌아가셨다고 하던데. 지금 아가씨는 가짜라고 수군거리는데, 진짜셨군요?"

민 씨는 눈물까지 보이며 반가워했다.

"가짜라니요? 죽은 애가 가짜였죠. 잠시만요. 뭐 좀 찾을 게 있어서요."

지수가 방긋 웃으며 자신이 쓰던 사무실로 들어갔다.

"오! 진짜 아가씨가 맞네요. 정말 맞아요."

민 씨가 울먹거리며 말했다.

"암! 맞고말고요. 저를 한눈에 알아보시잖아요."

박 씨도 눈물이 글썽인다.

잠시 시간이 지나 다시 나온 지수는 누런 봉투를 민 씨에게 건넸다.

"이거 가지고 계시다가 제가 다시 오면 절 주세요. 어디 좀 급히 다녀올 곳이 있어서……."

"아! 네! 네!"

민 씨는 누런 봉투를 받아 들었다.

"그럼 이따가 봐요."

지수가 다시 방긋 웃으며 인사하고 사무실을 나갔다. 민 씨와 박 씨는 서로 얼굴을 쳐다보며 의아한 표정을 지었다. '왜 봉투를 맡겨놓고 이따가 다시 오면 달라고 하는 거지?' 하는 생각에서였다.

장태경은 어제 제갈미경을 봤던 서초역에서 내려 늘 다니던 길을 따라 제갈미경의 절친 이초희가 살고 있는 집으로 살금살금 걸어갔다. 마치 탐정이 뭔가를 미행하듯 그런 모습으로. 걸어간 장태경은 골목에 몸을 숨기고 이초희 집을 감시하기 시작했다.

"뭔가 있을 거야. 내 예감이 맞을 거야. 암! 오늘 기필코 아가씨 정체를 밝혀내리라."

장태경은 혼자 다짐하며 골목에서 이초희의 집을 감시하기 시작했으나, 5시간이 지나도 이초희는 물론 제갈미경도 나타나지 않았다. 가끔 지나가는 사람들이 수상하게 여기고 힐끗힐끗 쳐다보기만 했다.

배도 고프고 다리도 아프고 서서히 지쳐갈 무렵.

톡 톡

누군가 장태경의 등을 두드렸다.

'젠장! 아가씨에게 발각되다니.'

장태경은 제갈미경에게 자신이 발각되었다고 생각했다. 몸을 숨긴 자신을 제갈미경이 먼저 발견하고 등을 두드렸다고 생각했다. 허나 고개를 돌린 장태경은 자신을 이상한 눈으로 노려보는 두 명의 경찰관을 발견하고 '아차, 일이 잘못됐구나.' 생각했다.

"잠깐 서까지 동행을 해주셔야겠습니다."

경찰관의 말이다.

"무슨 일입니까?"

"동네에 수상한 사람이 있다고 신고가 들어왔습니다."

누군가 장태경을 수상하게 여기고 신고한 모양이다. 장태경은 신분증을 제시하고 사정 이야기를 했지만, 결국 경찰서까지 동행해야만 했다. 장태경이 경찰과 그 자리를 떠난 직후 바로 그 골목에 지수가 나타났다. 검은색 하이힐을 신고 있었다.

지수는 장태경이 감시하던 이초희 집에 들어가더니 곧바로 나왔다. 지수는 여행용 가방을 들고 있었다. 아마도 멀리 떠나려는 모양이다. 지수는 장태경이 서 있던 골목을 보며 의미심장한 미소를 짓더니 곧 지하철역 쪽으로 사라졌다.

민혁은 다행히 병실에서 정신을 차리고 있었다. 눈을 뜨니 자신을 걱정스럽게 내려다보는 시보 진영이 모습이 보였다.

"어! 내가 어떻게? 어이구 머리야."

민혁이 말을 하다 말고 손으로 머리를 감싸며 엄살을 떨었다.

"어떤 여자가 119에 신고를 했다 하더라고요. M그룹 비상계단에 쓰러져 있더랍니다. 누군가 검사님 머리를 둔기로 내리친 모양입니다."

"어! 그래요. 누군가 내 머리를 내리치고 말했어요. 우리 아가씨를 괴롭히면 죽인다고. 그리고 분명히 나를 흔들어 깨운 사람은…… 그녀였는데. 어이구~"

민혁이 고개를 갸웃하며 몸을 일으키려다 다시 비명을 지르며 눕는다.

우당탕탕.

거칠게 병실 문이 열리며 늙은 두 형사가 뛰어 들어왔다.

"어! 검사님! 흐흐…… 살아나셨네?"

조필두가 침대에 앉아 있는 민혁을 보고 징그럽게 웃으며 말했다.

"다친 곳은?"

강준이 시보 진영에게 물었다. 민혁의 몸 상태를 묻는 것이다.

"괜찮아요."

진영이 간단히 대답했다.

"괜찮다니? 어이구. 이게 괜찮은 거예요?"

민혁이 엄살을 피운다.

"그래도 이놈아가 오면서 검사님 걱정 무지 했습니다."

조필두가 강준의 어깨를 손으로 툭 치며 민혁을 보고 말했다.

"어이구. 감사합니다. 제 걱정을 다 하시고."

민혁이 진심으로 고마워하는 표정을 보고 조필두가 다시 징그럽게 웃었다.

"흐흐흐……."

"아니! 왜 웃으세요?"

민혁이 물었다.

"흐흐…… 이놈아가 젊은 검사 장가도 못 가고 죽으면 어쩌나. 우리야 사건 같지도 않은 사건에서 손 떼니 좋긴 하지만 젊은 나이에 불쌍하다고 얼른 가서 죽기 전에 얼굴 도장이라도 찍자고 서둘렀습니다."

"형님! 그런 이야기를 꼭 해야 되겠소? 듣는 검사 기분 나쁘시게."

두 능구렁이 같은 늙은 형사가 그렇게 농담 삼아 떠들고 있지만 민혁은 안다. 정말 정이 많은 형사들이라고. 진심으로 자신을 걱정해서 달려왔다는 것을. 그걸 알기에 민혁은 두 늙은 형사가 무척 고마웠다.

"진영 씨 유전자검사 결과는?"

"역시 부녀 사이가 맞는다고 나오더라고요."

"어디 이리 줘보세요."

"죄송해요. 전철에서 그만 잃어버렸어요. 봉투를 통째로."

진영이 몹시 미안한 표정을 지었다.

"아! 괜찮아요. 진영 씨가 보셨다면 됐죠. 하하…… 강 형사님! 딱지 이야기나 하십시오. 어떻게 잡았나요?"

"이런! 머리를 다치시더니 어린아이가 되셨네. 딱지나 치자고 하시고. 쯧쯧……."

강준이 농담을 던지며 품속에서 서류를 꺼내 민혁에게 건넨다. 민혁은 강준이 건넨 서류를 받아 천천히 읽어보았다.

"이런! 이래서 범죄자들은 날아다니고 수사관들은 기어 다닌다고 하는군요. 벌써 방콕이라니."

"딱지는 방콕 공항에 도착한 후 갑자기 사라졌습니다. 아직까지 행방을 찾지 못했고요."

강준이 손으로 머리를 긁적이며 쑥스러운 표정을 지었다.

"조 형사님은요?"

민혁이 조필두를 바라보았다.

"저는 M그룹 주식을 제갈현 다음으로 많이 보유한 방기준 이사를 조사해서 단서를 잡았습니다."

"어떤 단서를요?"

"제갈현의 부인 오수경 여사와 방기준 이사가 요즘 자주 만났습니다. 그것도 남의 이목을 피해 은밀히. 특히 제갈미경이 자살한 바로 그 별장에서 제갈미경이 죽기 바로 이틀 전에도 둘은 그곳에 있었습니다."

"오! 그래요? 불륜인가요?"

민혁이 두 눈을 반짝이며 물었다.

"호호호……."

갑자기 시보 진영이 배꼽을 잡고 웃기 시작했다.

"……!?"

모두 의아한 표정으로 진영을 바라보았다.

"방 이사와 오수경은 비록 피는 같지 않아도 아빠와 딸 사이잖아요. 아무리 친아빠가 아니라 해도 이미 아빠와 딸 사이가 됐는데 무슨 불륜이라니요?"

진영이 그것도 모르냐는 표정으로 두 늙은 형사를 바라보았다.

"윽! 시보에게 한방 제대로 먹었군! 어째서 그걸 몰랐지?"

조필두가 강준을 바라보며 물었다.

"그러게요. 정말 이젠 늙어서 쓸모가 없나봅니다."

강준이 엄살을 떤다.

"아침부터 물 한 모금 못 마시고 돌아다녀서 정신이 가물가물한 것이 정말 늙으면 죽어야 한다니까."

"형님만 그렇소? 나도 어젯밤부터 쫄쫄 굶었다오."

두 늙은 형사가 갑자기 엄살을 떤다.

"배고프세요?"

두 늙은 형사의 엄살에 진영이 안쓰러운 표정으로 묻는다.

"응! 커피라도 한잔 마셨으면."

"형님도 어쩜 저와 같은 생각이요? 달달한 커피라도 한잔 마셔야
배고픔이 사라질 것 같습니다. 시보께서 갖다 주실지 모르겠지만."

강준이 진영을 바라보며 손으로 배를 움켜쥐고 배고프다는 시늉
을 했다.

"알았어요! 얼른 다녀올게요."

진영이 두 늙은 형사를 바라보더니 얼른 밖으로 나갔다.

"흐흐흐……"

"하하하……"

두 늙은 형사가 갑자기 묘한 웃음을 흘리기 시작했다.

"그래서요?"

민혁이 두 형사에게 물었다.

"오래전부터 방 이사와 오수경이 M그룹을 차지할 음모를 꾸미고
있는 것이 확실합니다."

"불륜이 아니냐고요?"

"그것까지는 아직……. 하지만 냄새는 납니다. 더 조사하겠습니다."

"설마! 아무리 그래도 아버지인데?"

조필두와 민혁의 대화에 강준이 고개를 갸우뚱하며 끼어들었다.

"네! 그럴 리가 없지만, 그래도 조사는 해야겠지요. 모든 가능성을 열어놓고 수사를 해야 하니까요. 해서 시보를 내보내신 거 아닙니까?"

"네! 아직 아가씨인데 꼭 이런 이야기까지 들어서야 되겠습니까?"

"하하하…… 형님도 참! 요즘 어린애들이 더 잘 안다니까요."

"네? 뭐가요?"

두 형사와 민혁의 이야기를 어설프게 밖에서 들은 모양이다. 진영이 커피를 들고 들어오며 물었다.

"아! 우리끼리 하는 말입니다."

두 형사는 동시에 같이 말했다. 민혁은 그냥 미소만 짓고 있었다.

"제가 방금 생각한 건데 말이에요."

진영이 두 눈을 초롱초롱하게 뜨고 민혁을 바라보며 말했다.

"어! 뭔가 알아냈어요?"

"네! 추리를 한 번 해봤는데요."

진영이 깊이 생각하는 모습으로 말했다.

"추리?"

"뭐라? 추리라고?"

늙은 두 형사는 가소롭다는 투다.

"왜 이래요. 이래 뵈도 학교에선 탐정 소녀였다고요."

"뭐? 탐정? 초등학교겠지?"

조필두가 빈정댄다.

"어서 말해 봐요."

민혁이 진지하게 말했다.

"아따. 검사님도 들을 걸 들……."

조필두가 말을 하다가 민혁이 심각한 표정을 짓자 얼른 입을 다물었다.

"얼른 말해서."

강준이 별로 도움이 안 될 것이라는 생각에 퉁명스럽게 말했다.

"그러니까 제갈미경과 윤지수가 인생을 바꿔가며 살았잖아요. 제갈미경이 윤지수에게 월급을 천만 원씩이나 주고. 하지만 윤지수는 차츰 욕심이 생겼을 수도 있다는 거죠. 즉 진짜로 제갈미경이 없어지면 자신이 M그룹을 통째로 물려받을 수 있으니 욕심이 안 생겼다면 오히려 이상하죠. 해서 윤지수가 제갈미경을 죽이고 자살로 위장했을 수도 있다 이거죠."

"어떻게요?"

민혁이 의미심장한 미소를 지으며 물었다.

"제갈미경이 자살한 소나무 아래를 보면 나무로 만든 벤치가 하나 있어요. 거기서 제갈미경이 책을 보거나 생각에 잠겼다가 깜빡 졸고 있었다면요?"

"그렇다면요?"

"저 같으면 말이에요. 윤지수가 미리, 아니면 제갈미경이 졸고 있는 틈에 사다리를 이용해 그 소나무로 올라가서 밧줄을 자신의 몸에 묶고 한쪽엔 올가미를 만들어 제갈미경의 목에 걸고 반대 방향으로 자신이 뛰어내리는 거죠. 하면 제갈미경이 목을 매달아 죽은 것처럼 보이잖아요."

"오! 기막힌 추리네. 허면? 현재 살아 있는 사람이 윤지수다?"

조필두가 손뼉을 탁 치며 물었다.

"그렇죠."

"유전자 감식 결과 일치한다고 나왔다는데?"

강준은 이건 어떻게 설명하겠느냐는 물음이다.

"타살을 자살로 위장까지 하는 윤지수 머리라면 미리 제갈미경의 머리카락과 손톱, 발톱 등을 준비해서 가져가도록 방치할 수도 있지 않을까요?"

"오! 맞습니다. 제 생각도 같습니다. 해서 별도로 유전자 감식을 준비했지만, 그것도 윤지수는 미리 눈치를 챈 것 같군요."

민혁이 진영의 추리에 감탄한 표정이다. 물론 민혁도 같은 추리를 하고 있었으니까.

"그렇다면? 검사님도 시보 아가씨랑 같은 생각이라 이겁니까?"

강준이 가소롭다는 투다.

"왜? 좋은 생각이 있습니까?"

민혁이 강준의 추리에 기대하는 눈치다.

"네, 제 생각은 다릅니다. 제갈미경이 윤지수를 잠깐 바꿔치기하며 즐겼는데, 윤지수가 욕심을 낸 겁니다. 월급 천만 원도 모자란다, 더 달라 하면서. 해서 고민 끝에 제갈미경이 윤지수를 죽인 거죠."

"어떻게요?"

진영이 호기심을 갖고 강준을 보며 물었다.

민혁도 잔뜩 기대하는 눈치다.

"아마 술래잡기놀이를 했던 것으로 생각됩니다. 제갈미경이 죽었다 해서 직접 검시를 참관했는데, 죽은 제갈미경의 눈에 손바닥 자국이 보이더라고요. 꾹 눌렀던 자국이. 해서 술래를 하던 윤지수를 소나무에 미리 준비해둔 올가미 밧줄로 윤지수의 목에 걸고 반대 방향으로 가서 당긴 것이죠. 증거로 반대 방향 소나무에 발자국을 지운 흔적이 남아 있었습니다. 비록 다 닦고 조금 남은 흙이지만. 제 눈은 못 속이죠."

"눈을 두 손으로 가리고 있었다면 밧줄이 손목부터 감지 않았겠어요?"

진영이 예리하게 지적했다.

"그래! 그래서 죽은 여자 손목에 밧줄에 긁힌 흔적이 있었어."

"하하하…… 씨알도 먹히지 않는 소리들 하고 있네."

조필두가 가소롭다는 투로 웃으며 말했다.

"조 형사님은 무슨 좋은 생각이 있으세요?"

민혁이 물었다.

"암요. 먼저 시보 아가씨가 추리한 것은 맞습니다. 죽은 사람이 제갈미경인 것도 맞고요. 하지만 윤지수가 제갈미경을 살해한 것은 아닙니다. 윤지수는 그렇게 독한 여자가 못 됩니다. 힘도 없고요. 제갈미경을 살해한 것은 바로 딱지입니다. 바로 방 이사와 오수경의 청부를 받고 그렇게 한 것입니다."

"오! 어떤 증거로요?"

민혁이 관심을 갖고 질문했다.

"죽은 제갈미경은 몸이 호리호리한 편이 아닙니다. 몸무게가 57킬로그램 정도 나갑니다. 윤지수도 비슷하고요. 비슷한 몸무게가 소나무에서 뛰어내린다 해도 같은 몸무게를 들어 올릴 수는 없어요. 단지 그런 방법을 사용했다면 죽은 제갈미경의 목이 부러졌겠죠. 갑자기 57킬로그램의 무게가 떨어지면서 목을 당겼으니 그 충격은 엄청나죠. 매달리기도 전에 목이 부러져 사망했을 겁니다. 그러나 죽은 시체의 목은 단지 밧줄로 목을 조인 것뿐이라는 것이 먼저 수사를 했던 형사들 이야깁니다. 부러지거나 빠지거나 어떤 충격도 없었던 목이죠. 해서 힘이 강한 남자가 졸고 있는 제갈미경의 목에 밧줄을 걸고 천천히 당긴 겁니다. 제갈미경이 반항도 못하고 그대로 달려 올라갈 정도로 힘 있는 딱지가 말입니다."

말을 끝낸 조필두는 내 추리가 어떠냐는 표정으로 어깨를 으쓱했다.

"좋아요, 좋습니다. 세 분 모두 옳은 추리입니다. 방금 추리한 그대로 각자 자신의 추리가 맞는다는 가정 하에 수사를 해봅시다."

민혁이 말했다.

"그럼 검사님은?"

진영이 물었다. 민혁은 누구의 추리가 맞는다는 가정 하에 수사할 것이냐는 질문이다.

"난 제갈미경이 정말 자살했다면 왜 했을까 하는 추리를 하며 수사할 겁니다. 각자 시간은 사흘로 합시다. 그 사흘 동안 자신의 추리가 맞는다는 증거 하나씩 건져가지고 옵시다. 자! 자! 파이팅 합시다."

민혁이 손바닥을 두 번 탁탁 치며 말하고는 벌떡 일어섰다.

"……!?"

진영이 화들짝 놀라며 민혁과 민혁의 팔에 매달린 주사기를 바라보았다.

"어이구. 깜빡 했네. 어이구."

민혁이 엄살을 피우며 팔에 꽂힌 주사기를 뽑아버린다.

"자! 갑시다. 얼른 가서 내 뒤통수에 상처 낸 녀석부터 잡아야겠습니다."

민혁이 소매를 걷어붙이고 밖으로 나갔다. 늙은 두 형사는 고개를 설레설레 흔들며 뒤따라 나갔다. 진영은 침대 주변에 있는 민혁의 물품들을 챙겨가지고 뒤늦게 밖으로 나갔다.

저승에서
온
미녀

제4장

돌아온 귀신

오후 늦게 M그룹 본부장실로 돌아온 지수는 갑자기 무슨 생각에 서였는지 6층 기획실로 향했다.

"젠장! 그걸 깜빡했어. 그걸……."

지수가 혼자 중얼거리며 6층 기획실로 들어섰다.

"어! 아가씨!"

두 늙은 직원 민 씨와 박 씨가 자리에서 벌떡 일어섰다.

"……!?"

지수는 두 직원의 인사를 받는 둥 마는 둥 서둘러 사무실로 들어 갔다.

"어째……!"

"응! 그렇지?"

"아까 우릴 알아본 아가씨랑 지금 아가씨랑 느낌이 달라."

"무슨 일 있었나? 좀 쌀쌀해진 느낌이지?"

"응! 찬바람이 도네."

두 늙은 직원이 수군거렸다.

잠시 후 문이 열리고 사무실을 나온 지수는 두 직원을 무섭게 노 려봤다.

"왜 그러세요? 아가씨?"

민 씨가 주춤주춤 물러서며 물었다.

"누가 내 사무실에 들어갔어요?"

지수가 무섭게 노려보며 물었다.

"아까…… 아가씨께서 직접."

민 씨가 어이없다는 표정으로 말했다.

"어! 내가요?"

지수가 무슨 말이냐는 표정으로 묻는다.

"이것도 주시며 다시 오시면 달라고 하셨잖아요."

박 씨가 누런 봉투를 지수에게 내밀었다.

"이걸……! 내가?"

"네! 그랬어요. 그땐 검은색 하이힐은 신고 있었는데, 지금은 단화를 신으셨네요."

"옷도 바꿔 입으셨네요. 아깐 하늘색 블라우스를 입으셨던데."

"내가요? 분명히 나였다고요?"

"네! 틀림없는 아가씨였는데."

"그럼 또 다른 아가씨가 살아 계셨단 말인가?"

"네! 그러고 보니 느낌도 분위기도 틀렸어요."

"틀림없는 나였지요?"

"네!"

민 씨가 고개를 끄떡이며 대답했다.

"이상하네."

지수가 이상하다는 표정을 지으며 봉투를 받아 들고 밖으로 나갔다.

"휴…… 그때 그 느낌이야."

박 씨가 몸을 부르르 떨며 말했다.

"무슨? 또 귀신 이야기요?"

"그렇다니까요. 전에 창고에서 늦게 일을 보다가 바로 3층을 지나는데…… 아가씨가 지나갔다오. 참 다정한 눈빛이었어요. 바로 아래 1층 현관에서 다시 아가씨를 만났어요. 3층에서 만난 아가씨는 하얀 블라우스를 입고 있었는데, 1층에서 만난 아가씨는 베이지색 점퍼를 입었어요. 눈빛이 번쩍거리며 차가운 냉기가 풀풀 날리더라고요. 그 다음날 바로 아가씨가 죽었다고 했잖아요."

"그럼, 지금 저 아가씨는 귀신이란 거예요?"

"으이그, 무셔. 아마도 내 예감이 맞을걸요."

"주책도 참! 무슨 귀신이 있다고."

말을 하면서 민 씨는 자신도 모르게 주위를 두리번거렸다.

"두 늙은 직원 이야기는 뭐지? 내가 사무실에 들어갔다 나오면서 이걸 잠깐 맡겼다는 건데. 내가? 이건 무슨 말이지? 어제도 직원들이 나 아닌 또 다른 나를 본 것처럼 수군거렸는데. 이건 또 뭐지?"

3층 본부장실로 들어온 지수는 혼자 중얼거리며 자리에 앉아 누런 봉투를 열었다.

"윽!"

봉투 속에서 쪽지를 하나 발견하고 막 꺼내던 지수는 비명을 터뜨렸다. 하얀 종이 위에 피가 뚝뚝 떨어지는 붉은 글씨로 이렇게 쓰여 있었다.

"……저승에 가기 너무도 억울해서 다시 돌아왔다…… 제갈미경."

"으으…… 제갈미경. 정말 너냐? 6층 기획실에 나보다 먼저 들어가 그것을 가져간 것이 너란 말이냐? 귀신이 되어 나에게 복수하려고? 왜? 왜? 또 나야? 흑흑…… 잘못했어. 정말 미안해. 후회하고 있단 말이야. 하지만 왜 또 나야? 왜?"

지수가 머리를 두 손으로 움켜쥐며 오열했다. 눈물을 줄줄 흘리며 울기 시작했다.

"미경아! 정말 너냐? 네가 귀신이 되어 돌아온 거냐고? 정말 그런 거야? 하지만 난 아니야. 내 잘못은 없어. 흑흑…… 미안해. 정말 미안해. 잘못했어. 잘못했어. 흑흑……."

지수는 마치 정신 나간 사람처럼 두 손으로 머리를 움켜쥐고 중얼거리며 울다가 다시 중얼거리며 또 울고 하였다. 한참을 그렇게 울던 지수가 벌떡 일어섰다.

"그래! 이건 초희가 꾸민 일일 거야. 나로 변장하고. 암! 죽은 미경이 어떻게 살아서 돌아와. 초희가 꾸민 일이 맞아. 한번 가봐야겠다. 초희네 집에."

지수는 홀로 사무실을 나와 초희네 집으로 향했다.

경찰서에서 장태경이 나오고 있었다. 혼자 어이없다는 표정을 지으며 실없이 빙긋 웃는다.

"나를 신고한 사람이 있다. 누군지 가르쳐주진 않아도 내 예감은 분명히 살아 있는 아가씨 같다. 나를 따돌리려고 그랬을 것이다. 그렇다면 이미 초희네 집에선 짐을 챙겨 떠났을 것인데. 그래도 가보긴 해야겠지. 초희라도 만나서 물어봐야지."

장태경 역시 경찰서를 나오자마자 곧바로 초희네 집으로 서둘러 발걸음을 옮기고 있었다.

"저! 저건!"

M그룹으로 막 들어서던 제갈진수는 지수를 발견하고는 몸을 숨기며 놀라고 있었다.

"저게 살아 있었단 말인가?"

제갈진수는 믿을 수 없다는 표정으로 지수를 유심히 바라보았다.

"어떻게…… 저게 살아날 수 있어? 어떻게?"

믿을 수 없다는 표정으로 살금살금 지수를 미행하기 시작했다. 지수를 미행하며 막 주차장의 후미진 곳으로 들어선 제갈진수.

퍽.

뒤통수에 불이 번쩍 했다.

가물가물한 의식 속에 누군가의 목소리가 들렸다.

"우리 아가씨를 괴롭히면 죽인다."

그 한마디를 들으며 제갈진수는 정신을 잃고 쓰러졌다.

"아저씨였어요?"

민혁이 쓰러지는 제갈진수를 힐끗 보고 야구방망이를 들고 있는 노인을 다시 바라보며 물었다.

머리가 하얀 노인이다. 노인의 손엔 알루미늄 배트가 들려 있었다.

"너도 한 방 더 맞을래?"

노인이 야구방망이를 흔들며 누런 이빨을 드러내고 미소를 지었다.

"아저씨! 그러다 사람 죽이면 어쩌려고 그래요?"

"이놈아! 늙은이가 무슨 힘이 있다고 사람을 죽여? 그냥 아프기만 하겠지."

"아저씨는 누구예요?"

민혁이 한 발 뒤로 물러서서 노인과 거리를 유지하며 물었다.

"그놈 참 맞기는 싫은 모양이네. 누구긴! 우리 아가씨를 어릴 때부터 키운 늙은이지. 집사야, 집사."

"아! 그럼? 아가씨에 대해 잘 아시겠네요?"

"암! 누구보다 잘 알지."

"허면? 방금 나간 저 아가씨가 정말 진짜?"

"넌 누구?"

그냥은 가르쳐주기 싫다는 듯 민혁의 신분을 묻는 노인.

"전 검사예요. 아가씨의 죽음에 의문이 있어서 수사를 하는 중입니다."

"아! 네가 검사? 그 햇병아리 검사라는?"

"네! 하하……."

"진작 말하지. 그럼 어제처럼 맞지는 않았을 것 아니냐? 허허……

아가씨가 진짜냐고? 검사라는 놈이 저게 진짜로 보이냐?"

"허면 가짜란 말입니까?"

"당연히 가짜지. 우리 아가씨는 부드럽고 포근한 느낌이 드는데 저
건 찬바람이 쌩쌩 불잖아. 보면 모르냐? 그래가지고 어떻게 검사 짓
을 할꼬. 쯧쯧……."

노인이 혀를 끌끌 차며 돌아서서 가기 시작했다.

"아저씨!"

민혁이 급히 노인을 불렀다.

"왜? 이놈아?"

노인이 다시 돌아섰다.

"그럼 아가씨 아빠라는 분은 어째서 가짜를 데려왔을까요? 자기
딸을 모를 리가 없는데?"

"멍청한 놈! 검사라는 놈이……. 왜겠어? 정말 가짜를 몰라서 데리
고 왔다 생각하나? 사모님은 자기 친자식이 아니니 모를 수 있지만,
회장님이야 설마 아가씨를 모르겠어?"

"그럼 왜?"

"아가씨를 대신할 사람이 필요하니까 그렇지."

"아가씨를 대신할 사람? 왜요?"

"이놈! 어째서 이렇게 멍청한 놈이 검사가 됐을꼬? 잘 들어라! 아가
씨는 죽지 않았어. 살아 있거든. 아차! 이 말은 해선 안 되는데."

노인은 자신의 실언을 깨닫고 얼른 입을 다물었다.

"네? 살아 있어요? 그게 무슨 말씀이세요?"

"네놈이 알아봐! 검사란 놈이 모든 걸 나에게 물어보면 내가 검사를 하지. 너에게 월급 주고 검사를 시켰겠어?"

"네? 아저씨가 제 월급을 줘요?"

"이놈아! 내가 내는 세금으로 월급 받잖아? 멍청한 놈! 쓰러진 놈이나 병원에 데려가!"

노인은 그 말을 끝으로 다시 돌아서서 걸어갔다.

"제갈미경이 살아 있다? 이게 무슨 말이야? 저 노인이 실성을 했나? 음……!"

민혁은 고개를 갸웃거리며 핸드폰을 꺼내 들고 쓰러진 제갈진수를 바라보았다.

"119죠? 여기 M그룹 1층 주차장인데요. 사람이 하나 쓰러져 있네요. 긴급 호송이 필요합니다."

민혁은 119에 전화를 하고 서둘러 주차장에 세워두었던 자신의 자동차로 걸어가 차에 올라탔다.

"아! 나 유민혁 검산데, 차량 추적 좀 부탁해."

민혁은 지수를 따라갈 생각이다.

서초동 초희네 집에 제일 먼저 도착한 사람은 장태경이다. 장태경은 이젠 숨어서 살피거나 기다리지 않았다. 무조건 초희네 집으로 들어갔다. 예상대로 문이 활짝 열려 있었다.

덜컹.

현관문을 열고 안으로 들어간 장태경은 그대로 온몸이 경직됐다.

하얀색 도배지 위에 온통 붉은 글씨로 이런 글들이 가득했다.

"……저승에 가기 억울해서 제갈미경이 다시 돌아왔다……."

"……나를 죽인 원수. 너를 천 배 만 배 고통 속에 죽이리라……."

"……야금야금 온몸을 씹어 먹으리라……."

모두 철철 원한이 서린 글들뿐이었다.

덜컹덜컹.

모든 방문을 열어봐도 온통 그런 글들이 벽면을 다 차지하고 있었다.

"아가씨……! 아가씨……!"

장태경은 방바닥에 털썩 주저앉았다. 눈에 눈물이 주르륵 흐른다. 자신이 지켜줘야 할 제갈미경을 제대로 지키지 못해 이런 억울한 죽음을 당하게 했다는 죄책감이 한없이 밀려오며 눈물을 흘리게 했다.

덜컹.

다시 현관문이 열리며 지수가 들어왔다. 지수 역시 벽면을 바라보며 온몸이 경직되고 있었다. 몸을 부들부들 떨며 지수는 그대로 방바닥에 주저앉았다.

"다…… 당신! 당신이?"

장태경이 지수를 바라보며 뭔가 말하려다가 막 현관으로 들어서는 민혁을 발견하고 입을 다물었다.

"헉!"

민혁 역시 집안에 온통 붉은 글씨로 적혀 있는 저주서린 글들을 보고 짧은 비명을 질렀다.

"윤지수! 그대가 윤지수 씨죠?"

민혁은 놀란 마음을 얼른 진정시키며 지수에게 물었다. 지수가 고개를 돌려 민혁을 바라본다. 눈물이 가득한 얼굴이다.

"당신이 윤지수? 그럼 우리 아가씨는 당신이 죽였단 말입니까?"

장태경이 분노한 얼굴로 벌떡 일어섰다. 막 주먹을 쥐고 지수에게 다가가려는 순간이었다.

"아가씨! 가시죠."

젊은 청년 둘이 들어와 지수를 보호하며 밖으로 나가기 시작했다. 새로 제갈현이 채용한 지수의 보디가드다.

"잠깐!"

민혁이 급히 앞을 막아섰다.

"질문하실 내용이 있으면 정식으로 법적 절차를 밟아주시죠."

청년 하나가 민혁을 옆으로 밀치며 말했다. 그사이 또 다른 청년이 지수를 데리고 밖으로 잽싸게 사라졌다. 민혁을 옆으로 밀친 청년은 따라 나가려는 민혁을 막으며 고개를 가로저었다.

"법적인 정식 절차를 밟으시지요."

청년은 그 말을 남기고 밖으로 나가버렸다.

"으이그 저것들을!"

장태경이 분을 삭이지 못하고 막 따라 나가려고 했다. 민혁이 빙긋 웃으며 옆으로 비켜섰다. 장태경은 머뭇거리며 민혁을 바라본다.

"왜요? 붙잡지 않아서 이상한가요?"

"네! 절 붙잡아야 무슨 이야기라도 들을 게 아닙니까?"

"아뇨. 태경 씨에게 들을 이야기가 없네요. 그냥 따라 나가서 한바

탕 싸우시죠. 저야 구경만 할 테니까."

"이런! 검사란 분이 이렇게 비양심적인 줄 몰랐네요."

"비양심적이라뇨? 내가 태경 씨를 잡지 않는다는데 왜 비양심입니까?"

"젊은 것들이 둘이나 되는데 나 혼자 어찌 당해요? 도와주셔야."

"허허…… 전 법을 지키는 검사랍니다. 싸울 수야 없죠. 구경은 할 수 있지만."

"으이그 관둡시다."

장태경은 다시 방바닥에 털썩 주저앉았다.

"장태경 씨!"

"왜요?"

민혁이 부르자 장태경이 퉁명스럽게 물었다.

"정말 제갈미경이 살아 있어요? 방금 그 아가씨는 윤지수고?"

"보면 몰라요? 검사가?"

"혹시 초희란 사람이 친구의 복수를 하려고 꾸민 일일 수도 있잖아요?"

"이봐요! 검사 양반! 내 눈이 해태로 보입니까? 내 눈으로 직접 봤다니까요. 아가씨를!"

장태경이 발끈해서 소리를 꽥 질렀다.

"그럼 초희란 사람을 봤나요? 아가씨가 죽은 후로?"

"아니 이 양반이! 불난 집에 부채질하나? 아가씨도 없는데. 왜 그 친구를 내가 찾아다녀요? 아가씨가 죽어서 하늘이 무너지는데, 초희란 여자를 내가 왜 찾아다녀야 하냐고요? 아직 한 번도 만난 적이 없는 여자는 내가 어떻게 찾아요?"

장태경이 화가 잔뜩 난 얼굴로 벌떡 일어서서 밖으로 나가려고 했다.

"잠깐만요!"

민혁이 얼른 앞을 가로막았다.

픽.

장태경의 발이 민혁의 정강이를 사정없이 걷어찼다.

"윽!"

민혁이 비명을 지르며 주저앉는 틈에 장태경은 밖으로 쏜살같이 사라졌다.

"장태경도 초희란 여자를 만난 사실이 없다, 얼굴도 모른다? 허허……."

혼자 남은 민혁은 천천히 일어나서 방안 구석구석을 훑어보기 시작했다.

"……!?"

한참을 훑어보던 민혁의 눈에 무엇인가 들어왔다. 벽지가 살짝 벌어진 틈에 끼어 있는 쪽지 하나. 민혁은 얼른 그 쪽지를 꺼내 펼쳐보았다. 민혁의 손엔 벽에서 묻은 붉은 피가 흥건히 젖어 있었다.

"허!"

민혁은 기가 막혔다. 쪽지에 피로 적힌 글이 마치 민혁을 기다린 것 같았기 때문이다.

"……제갈미경과 윤지수를 구분하는 방법은 두 가지다. 하나는 유전자검사를 하는 것이고, 또 하나는……."

쪽지 내용을 막 읽고 있는데, 방금 나갔던 장태경이 다시 들어왔다. 민혁은 얼른 쪽지를 꾸깃꾸깃해서 주머니에 넣었다.

"경고하는데, 당신도 이 방에서 나갔으면 좋겠어! 아가씨가 싫어할 테니까."

장태경이 민혁에게 나가란 손짓을 했다.

"아! 나갑니다."

민혁은 원하는 것을 얻었으니 더 있을 필요가 없었다. 민혁은 곧바로 초희네 집을 나왔다. 인적이 드문 골목으로 접어든 민혁이 주머니에서 아까 보다가 만 쪽지를 꺼내 마저 읽으려고 펼쳤다.

"헉! 이런!"

손바닥에 피가 묻은 민혁이 구겨서 주머니 속에 넣는 바람에 피로 쓴 글은 서로 번져서 아무 글씨도 알아볼 수 없게 돼버린 것이다.

"이런 낭패가 있나. 으으…… 장태경 저놈이 하필 그때 들어와서. 아까 얼핏 보았는데. 뭐라 쓰였더라? 뭐라 쓰였지? 으으…… 그걸 기억해야 한다. 이제부터 내가 얼핏 본 그 글씨를 기억해야 한다."

민혁은 다 잡은 고기를 놓친 기분이다.

"뭐라 쓰였었지……?"

민혁은 계속 중얼거리며 곰곰이 생각했지만 전혀 글자가 떠오르지 않았다.

"초희를 만나신 것 맞죠?"

한참을 쪽지의 글이 뭐였는지 생각하던 민혁은 갑자기 진영에게 전화를 걸어 이렇게 물었다.

"아뇨, 만나진 못했어요."

"그럼 초희가 가평 별장에 가지 않았다고 발뺌했다던 이야기는 뭐죠?"

"전화로 물어봤어요."

"만나신 것처럼 이야기하셨는데……. 아무튼 그 전화번호 좀 가르쳐줘요. 내 폰으로 문자로 보내줘요."

"네! 지금 바로 보낼게요."

진영과 통화는 끝났다. 민혁은 고개를 갸웃하며 뭔가 골똘히 생각하고 있었다.

딩동~

민혁의 핸드폰에 문자가 왔다는 알림 소리에 민혁은 얼른 핸드폰을 열었다. 진영이 보낸 전화번호였다. 민혁은 그 번호로 전화를 걸었다.

"……없는 번호입니다……."

"픽. 그럴 줄 알았다. 내 추리가 맞는다면 제갈미경은 죽었다. 그 친구 초희가 제갈미경의 원한을 갚으려고 변장하고 윤지수를 괴롭히려고 음모를 꾸미는 것이리라. 그렇다면 초희는 범인이 아니다. 윤지수를 범인으로 생각하고 원수를 갚겠다고 하는 걸 보면. 초희가 범인이 아닌 것은 확실하다. 또한 윤지수도 범인은 아니다. 관련이 있을 뿐이지."

민혁은 지수가 초희 방에서 눈물을 흘리던 장면을 생각하며 고개를 가로저었다.

"그 눈물은 절대 연기가 아니었다. 정말 제갈미경에게 미안하고 죄스러워 우는 모습이었다. 그렇다면 지수는 적어도 제갈미경이 살해당할 것을 미리 알고 있었다는 이야기다. 알면서도 제갈미경을 살리지 못해 미안한 것인지, 아니면 자신이 제갈미경을 살해하는 일에 동참해서 죄스럽다는 것인지. 둘 중 하나일 것이다."

뭔가 결심한 듯 민혁은 다시 핸드폰을 열고 전화를 걸었다.

"조 형사님! 오늘 서초동 초희네 집에서 나간 사람이 어디로 갔는지 근처 감시카메라를 다 뒤져서라도 그 행방을 찾아줘요."

"네! 검사님!"

민혁이 조필두 형사에게 전화를 한 것이다.

"그래! 열쇠는 바로 초희에게서 찾자."

민혁은 자신의 추리가 정확할 것이라고 확신했다.

검사실. 진영과 조 형사 둘이 앉아 있었다.

"무슨 전화예요?"

진영이 조필두에게 물었다.

"검사님께서 사건의 실마리를 초희에게서 찾으시려나봐. 감시카메라를 다 뒤져 초희의 행방을 쫓으라고 하시는군. 시보 생각은 어떠신가?"

조필두가 묘한 미소를 흘리며 진영을 바라본다.

"헛고생일 겁니다. 묘수만을 두며 두뇌게임을 하자는 그녀가 자신의 행적을 카메라에 노출시킬 리 없잖아요."

"뭐? 그럼 시보께서도 초희가 이 사건의 핵심이란 것인가?"

"당연하죠. 단지 초희가 아니라 아마도 제갈미경. 그녀가 맞을 것입니다. 오히려 죽은 사람이 초희가 아닐까 합니다만?"

진영이 자신의 생각이 어떠냐는 질문이다.

"허! 이 늙은이와 첨으로 생각이 일치하는군. 동감이야. 초희가 제갈미경으로 변장하고 가평 별장에 갔다가 제갈미경 대신 살해당했다면?"

"제갈현도 오수경도 죽은 사람이 초희란 것을 모를 리 없죠. 해서 급히 화장한 것이고. 대타로 지수를 찾아 그 자리에 앉힌 것이죠. 아마도 제갈미경이 지수를 자신과 같은 얼굴로 만들어 바꿔가며 산 것도 앞날을 미리 내다보고 묘수를 둔 것으로 봐야 합니다."

"맞아! 제갈현도 제갈미경이 살아 있다는 것을 알아. 하지만 찾으려고 노력하지 않는 것은 모종의 수를 노리고 부녀가 작전을 짠 것이 분명하지?"

"네! 제갈진수와 배국환에게 묘한 게임을 제안한 것도 그들을 의심해서 무엇인가 알아내려는 수죠."

"제갈미경을 죽이려고 했던 자가 누군지 아직 몰랐다는 뜻도 되고."

"네! 그녀를 노리는 자가 제갈현이 감당하기엔 벅찬 상대라는 것이죠."

"응? 그건 어째서?"

"제갈미경을 죽음으로 위장해야 보호할 수 있을 만큼 상대가 강하거나 치밀하거나 많다거나 하는 것으로 봐야 하지 않겠어요?"

"음……! 시보께서 제법인걸! 쉿! 이건 시보와 나 둘이서만 아는 것으로 하지."

"그래야죠! 다들 한 가지만 파고들면 만약 아닐 시 문제가 커지니. 조 형사님과 저만 같은 방향으로 가죠."

"오케이!"

조 형사와 진영은 첩으로 뜻이 일치했다. 그때 문이 열리며 출장 갔던 강 형사가 들어왔다. 진영과 조 형사는 서로 눈짓을 하며 입을 다물었다.

밤.

오수경의 침실.

제갈현이 제주도로 출장을 떠나 혼자 잠이 든 오수경.

갑자기 서늘한 느낌에 잠에서 깨었다.

"이, 이게!"

오수경은 일어나려다가 몸이 마치 결박당한 것처럼 움직일 수 없다는 걸 느끼고 겁이 덜컥 났다. 두 눈을 크게 떴다.

"헉! 누, 누구?"

어둠침침한 천장. 오수경의 눈에 들어온 것은 긴 머리를 늘어뜨린 하얀 소복의 여인이 자신을 내려다보고 하얗게 웃는 모습이었다.

"엄마가 딸도 모르나요?"

여인은 하얗게 웃으며 작은 목소리로 속삭이듯 말했다.

"미경이? 네가 어떻게?"

여인은 바로 제갈미경이었다.

"왜요? 윤지수가 내 역할을 하고 있으니 난 반갑지 않은 모양이죠?"

"너! 살아 있었더냐? 죽지 않았어? 넌 분명히 죽었는데?"

"네, 죽었죠. 하도 원통해서 다시 돌아왔을 뿐이죠."

"그, 그럼? 귀신?"

"네! 그럼요. 귀신이죠. 귀신 첨보시나요? 호호호……."

제갈미경은 하얀 이빨이 다 보이도록 크게 웃었다.

"헉! 귀, 귀신. 윽!"

오수경은 너무 놀라 기절하고 말았다.

"이런! 그렇게 심장이 약해서야 어디에 쓰겠어요. 쉽게 기절하면 안 되죠. 재미없잖아요."

제갈미경이 하얗게 웃으며 오수경을 내려다보더니 어둠속으로 사라졌다.

2층 윤지수의 방.

이불을 다 걷어차고 자는 윤지수는 깊은 꿈나라를 헤매고 있었다.

짝.

갑자기 볼에 불이 번쩍거렸다.

"악!"

엄청난 아픔에 지수는 비명을 지르며 잠에서 깨고 말았다.

"헉!"

잠에서 깨어 눈을 뜬 지수는 자신을 내려다보는 하얀 소복의 제갈미경의 눈과 마주쳤다.

"아직 초저녁인데 벌써 자냐?"

제갈미경이 하얗게 웃으며 말했다.

"너! 너!"

"왜? 너도 내가 무섭니?"

"너! 살아 있었어?"

"아니, 죽었잖아. 네가 잘 알면서."

"그럼! 넌?"

"나야 귀신이지. 너무 원통해서 저승에서 다시 돌아온 귀신."

"헉! 귀…… 귀신?"

윤지수 역시 그 말을 끝으로 기절하고 말았다.

"쳇! 이런 겁쟁이들이 어떻게 사람을 죽였지? 이것들이 아닌가?"

제갈미경은 고개를 갸웃하더니 어둠속으로 사라졌다.

서울 서부지검 1021호

아침 일찍부터 청소도 하고 운동도 하며 진영이 부지런을 떨고 있었다.

"오! 시보께서 이제야 위치를 제대로 알았구먼!"

언제 왔는지 강준이 문을 살짝 열고 들여다보며 너스레를 떨었다.

"원래부터 위치는 알고 있었다고요. 늙고 병들어 받아주는 곳이 없으니 이곳으로 밀려온 형사님들이 불쌍해서 같이 놀아준 것뿐이라고요."

"어라! 아침부터 시보께서 한방 먹이시네. 그러지 맙시다. 같은 사무실에서 한솥밥 먹는 처지에. 커피라도 한잔 대접하는 게 아침 인사가 아닐지?"

강준이 능글맞게 받아친다.

"손이 없어요, 발이 없어요? 다 있으면서 스스로 해결하시죠. 비싼 학비 내고 대학까지 다니며 커피 심부름이나 하려고 여기 온 것 아니거든요!"

"요즘도 학비가 비싸던가? 우리 때만 비싸서 고등학교도 겨우 다닌 줄 알았는데. 시보께서 대학생이었소?"

"으이그, 고졸 형사가 있었다니. 경찰에도 참 인재가 없네요. 쯧쯧……."

진영이 불쌍하다는 듯 혀끝을 차더니 커피를 타서 강준 앞에 갖다 놓는다.

"허! 이렇게 황송할 데가. 고맙소이다. 대학생 시보님!"

"지식인이 배려해야 한다고 하더라고요."

진영이 혀를 날름 내밀어 보이고는 후다닥 밖으로 나가 버렸다.

"컥! 말로는 못 당할 아가씨야. 허허……."

강준이 너털웃음을 흘리며 커피를 한 모금 들이켰다.

"뭐가 그리 재미있습니까?"

민혁이 사무실로 들어오며 강준에게 물었다.

"아! 나오셨습니까? 검사님!"

"나왔으니 여기 있지요."

"윽! 요즘 젊은 사람들은 말솜씨가 제법이란 말씀이야. 두 손 두 발 다 들었습니다."

강준이 너스레를 떨며 서류를 민혁의 책상에 갖다놓는다.

"뭡니까?"

"조 선배가 검사님께서 지시하신 감시카메라에 대한 내용이랍니다."

"아! 그래요? 조 형사님은요?"

"무슨 급한 일인지 새벽부터 부산에 내려갔어요."

"부산요?"

"네! 농담인지 모르지만 시보께서 지시한 내용을 수사하러 간다고 하시더라고요."

"네? 무슨?"

"조 형사님이 장난하시는 거예요. 제가 무슨 지시를. 그냥 생각을 알려준 것뿐인데."

밖에서 들어오던 진영이 두 사람의 대화에 끼어들었다.

"무슨 말이에요? 생각을 이야기하시다니? 무슨 생각을?"

민혁이 물었다.

"호호…… 비밀이에요. 호호……."

진영이 재미있다는 듯 웃으며 자기 자리에 가서 앉았다. 강준과 민혁은 서로 마주보며 고개를 갸웃거렸다.

아침이 돼서 오수경과 지수는 정신이 돌아왔다. 밤에 귀신을 봤다는 두려움에 두 사람 다 제정신이 아니었다. 지난밤 귀신을 봤던 기억을 되새기며 떨쳐버리려고 고개를 흔들었다. 시원한 냉수를 마시고 정신을 차리려는 생각에 주방으로 향했다. 오수경과 지수는 주방에서 마주쳤다.

"네 몰골이 왜 그래? 잠도 못 잔 사람처럼?"

오수경이 먼저 지수의 헝클어진 모습을 보고 물었다.

"엄마도 마찬가지면서?"

지수가 오수경의 몰골을 보며 말했다. 오수경도 머리가 다 헝클어지고 얼굴도 꾀죄죄했다.

"그럼……! 너도?"

"엄마도?"

"그래! 귀신이 나타났었다. 자는데 갑자기 찬바람이 횡하니 불어서 일어나니 미경이 귀신이 날 내려다보고 있었어. 하얀 소복을 입고 하얗게 웃으면서. 얼마나 무섭던지. 으으……."

"나도 자는데 누가 내 얼굴을 때리더라고. 아파서 잠에서 깨니 미경이가……."

말을 하던 지수가 갑자기 입을 다물고 주위를 살피는 것이었다.

"괜찮아! 우리 둘뿐이다. 회장님은 출장 가셨고, 가정부도 오늘은 볼일이 있단다. 허니 눈치 볼 것 없다. 우리끼린데 뭘."

"흑……."

갑자기 지수가 울음을 터뜨린다.

"이런! 많이 힘들었구나?"

오수경이 두 팔을 벌려 지수를 안아주었다.

"흑…… 엄마!"

지수는 오수경의 품에 안겨 서럽게 울었다.

"괜찮아! 다 잘될 거야."

오수경이 지수 등을 손바닥으로 토닥거리며 말했다. 헌데…… 그런 오수경 입가에 비웃음이 가득했다. 오수경의 품에 안겨 우는 지수는 그런 오수경의 모습은 볼 수 없었고, 이곳에 제갈미경과 위치를 바꿔 제갈미경 행세를 하려고 처음 들어왔던 그날을 떠올렸다.

완벽하다고 생각했는데 오수경이 눈치를 챘다.

"바꿔가며 살아보자고 우리 미경이가 제안했니?"

오수경이 지수를 방으로 불러 조용히 닦달했다.

"네!"

발각된 지수는 모든 것을 체념하고 있는 그대로 털어놓았다.

"그래? 그럴 줄 알았다. 널 데리고 다니며 자신의 행동까지 다 가르칠 때부터 너와 미경이가 바꿔가며 살려는 생각을 가졌다는 것을 알았다."

"용서해주세요. 전 단지 미경이가 월급을 준다고 해서……."

"알아! 네가 무슨 잘못이 있겠니? 또 있다 해도 엄마가 딸을 어떡하겠니?"

"네?"

"내가 네 친엄마다. 너를 길러준 엄마는 미국에 갔지?"

"네!"

"넌 내 친딸이야. 너를 길러준 엄마는 나를 알아! 내가 널 도저히 기를 수 없는 입장이어서 널 지금까지 고생시켰지만, 이제부턴 같이 살자. 네가 날 찾아왔으니 이건 하늘이 주신 기회지. 이제부터 넌 진짜 미경이로 살아가는 거야. 이 엄마가 그렇게 되도록 도와주마."

"정말 엄마가 제 친엄마예요?"

"그렇다니깐. 나중에 미국에 간 네 엄마에게 물어보렴."

"연락처를 모르는데……."

"그럼 먼저 연락하라고 하지. 기다려봐라! 연락하라고 내가 전화를 해둘게."

"엄마 연락처를 알아요?"

"그래! 미국으로 가면서 나에게 알려줬다. 네가 미경이로 모습을 바꿔서 이곳에 올 거라고 전하며 널 받아주라고 했어."

"아! 그래서 저와 미경이가 바뀐 것을 알았군요?"

"아니! 넌 내 친딸이다. 비록 오랫동안 떨어져 있었다지만 어찌 어미가 친딸을 몰라볼까."

오수경의 그 말 한마디에 지수는 무너지고 말았다. 정말 엄마를 찾았다는 생각에 오수경을 친엄마라 생각하며 이곳에서 생활할 수 있었다. 또한 제갈현이나 그 외 사람들에게 지수가 가짜라는 것이 발각될 어려운 상황에 처하면 오수경이 지수를 감싸주며 진짜 제갈미경으로 만들어줬다.

"호호…… 너를 제갈미경과 우연을 가장해서 만나게 하느라 필요했던 너의 친엄마다. 이제 필요가 없어진 너의 엄마는 다시는 나타나지 않을 것이다. 영원히."

오수경은 하얗게 웃고 있었다.

얼마 후 정말 미국으로 떠난 지수 엄마로부터 전화가 왔다. 오수경이 친엄마란 이야기와 자신은 오수경의 부탁을 받고 지수를 기르기만 했다는 말을 끝으로 지수와의 통화는 끝났지만. 지수는 그 말을 듣고 자신을 길러주고 미국으로 잠시 피신시킨 엄마를 까맣게 잊어버리고 살았다. '제갈미경과의 삶을 바꿔가며 살기 위해선 엄마의 마음이 얼마나 아플까?' 하는 생각에 미국여행이란 명목아래 잠시 떠나게 했던 것인데. 이젠 그 엄마를 까맣게 잊고 있었다. 돈 많고 제갈미경의 자리를 정말로 차지하기 위해선 진짜 오수경이 필요했는지도 모른다. 지수의 마음속에선 이미 오수경을 친엄마로 받아들이고 싶어 했던 것이다. 자신을 키워준 엄마의 존재는 잊고.

"……!?"

막 엄마 오수경의 품에 안겨 울던 지수는 갑자기 들리는 텔레비전 소리에 깜짝 놀랐다. 오수경도 동시에 놀라 지수를 안았던 손을 놓고 얼른 거실로 달려갔다. 거실에 있던 텔레비전이 켜져 있었다.

"누가 켰지?"

"글쎄요? 저도 잘……!"

오수경이 고개를 갸웃하면서 지수를 바라보며 물었다. 지수도 모르겠다는 표정으로 대답했다.

"헉!"

둘은 동시에 기겁을 했다. 갑자기 텔레비전이 꺼졌다가 다시 켜지고, 또다시 꺼지기를 반복하고 있었다.

"이거 텔레비전이 고장인가 봐요."

지수가 별것 아니란 표정을 지었다.

"웅! 그래? 그런 것 같다."

오수경이 텔레비전의 전기 코드를 뽑아버리며 말했다.

"악!"

헌데…… 텔레비전의 전기 코드를 뽑고 아무렇지도 않다는 생각으로 돌아서려던 오수경과 지수는 비명을 질렀다. 전기 코드를 뽑은 텔레비전이 다시 켜지는 것이었다.

"으으…… 이게……!"

지수와 오수경은 갑자기 부들부들 떨기 시작했다. 텔레비전은 물론 전축도 켜지고, 천장의 전등까지 켜졌다 꺼졌다 하는 것이었다.

"호호호……."

그리고 들리는 웃음소리. 오수경과 지수는 온몸이 경직되어 둘이 서로 부둥켜안고 공포에 떨기 시작했다.

"호호호…… 대낮엔 귀신도 없는 줄 아느냐? 저승에서도 받아주지 않는 한 맺힌 귀신은 낮에도 갈 곳이 없구나. 호호호……."

온 집안에 울려 퍼지는 귀신 소리에 오수경과 지수는 이미 제정신이 아니었다.

"으악! 귀…… 귀신!"

오수경도 지수도 동시에 다시 기절하고 말았다.

휘잉~ 찬바람이 거실을 훑고 지나갔다. 그리고 정적이 찾아왔다.

저벅저벅.

발걸음 소리가 들려왔다. 2층 계단을 내려오는 발걸음.

저벅저벅.

발걸음은 기절한 두 사람 앞에 멈추었다.

"이것들 너무 새가슴 아냐? 툭하면 기절하고. 에이, 재미없어."

투덜거리며 다시 움직이는 발걸음. 하얀 소복을 입고 긴 머리카락을 휘날리며 다시 2층으로 올라가버렸다.

제5장

범인은 자수하고

조 형사는 부산역에 도착해 있었다. 고속열차를 타고 부산에 도착한 조 형사는 서둘러 택시에 올라탔다.

"시보 아가씨가 검사 양반보다 똑똑하단 말이야."

조 형사는 진영을 떠올리며 빙그레 웃었다.

"어디로 모실까요?"

"사하구에 승학산이라고 있나요?"

"네! 승학산으로 모실까요?"

"네! 급하지 않으니 천천히 안전운전하시며 갑시다."

"경찰이시죠? 형사님?"

"허! 어찌 아십니까?"

"오랫동안 형사노릇을 하면 눈매가 틀려져요. 사람을 보는 눈이 마치 무엇인가 읽으려는 눈초리 같거든요."

"허허…… 직업은 못 속이나 봅니다."

"제 형님이 한 분 계시는데 형사랍니다. 처음엔 그저 다정다감한 눈이었는데…… 언제부터인가 나를 보는 눈까지 그렇게 변하지 뭡니까?"

"네! 경찰이란 직업이 늘 범인과 대면하다 보니 자기도 모르게 그렇게 눈초리가 변하나 봅니다."

"형사님은 이곳에서 근무하시지 않지요? 서울에서 오셨나요?"

"허! 기사 양반이 형사 같네요. 정답입니다."

"택시 기사도 오래하다 보면 손님을 보는 눈이 생기죠. 형사님들이 범인을 보는 눈이나 같은 맥락 아닐까요?"

"맞습니다. 사람이 살아가는 이치가 같으니. 보는 눈도 같이 변하는 것 아니겠어요?"

"승학산엔 왜 가십니까?"

"무덤 하나를 찾으려고 갑니다."

"무덤? 그 많은 무덤을 어떻게?"

"무덤이 많나요? 공동묘지라도?"

"남향 양지바른 곳에 무덤이 많지요. 공동묘지라 하긴 좀 그렇지만. 인생사 죽으면 다 가까운 곳에 묻히기를 바라는 것 아니겠어요?"

"아! 네!"

조 형사는 진영이 아침에 두 눈을 반짝이며 하던 말을 기억했다.

"조 형사님! 초희 고향이 부산 사하구 승학산 아래입니다. 제갈미경도 그걸 모를 리 없고요. 그렇다면! 초희가 죽었다면 분명히 승학산에 묻지 않았을까요?"

진영의 말을 듣고 조 형사 역시 무릎을 손으로 탁 치며 부산으로 달려왔다. 바로 초희가 제갈미경 대신 죽었다면 제갈미경이 초희를 분명히 승학산에 묻었을 가능성이 있다고 생각했다. 승학산에 새로 생긴 초희 무덤을 찾는다면. 제갈미경이 살아 있다는 확실한 증거가 된다. 해서 조 형사는 기대를 잔뜩 하고 있었다.

택시는 승학산 남쪽 입구에 조 형사를 내려주고 떠났다. 승학산에 오르는 등산로를 따라 천천히 오르다가 무덤이 많은 양지바른 곳에 새로 생긴 무덤이 보이자 조 형사는 그곳으로 발걸음을 옮겼다.

"요즘은 이런 것이 유행인가?"

가족 납골당을 보고 조 형사는 혼자 중얼거렸다. 군데군데 석실로 된 가족 납골당들이 보였다.

"흠! 경주 이 씨. 전주 이 씨. 이 씨들이 많네."

납골당 비석을 보며 조 형사가 중얼거렸다. 납골당들을 지나 새로 생긴 무덤이 하나 있었다. 조그만 비석이 세워져 있었다. 이초희의 무덤은 아니었다. 다시 조 형사는 두리번거리며 무덤을 찾기 시작했다.

늦은 오후.

"제기랄! 시보 아가씨의 말을 믿은 내가 잘못이지. 무덤은 개코."

조 형사는 투덜거리며 승학산을 내려와 택시를 타고 떠났다. 조 형사가 떠난 직후 택시 한 대가 승학산 입구에 도착했다. 택시에서 선글라스를 쓰고 야구 모자를 깊이 눌러쓴 아가씨가 내렸다. 아가씨의 손엔 하얀 국화꽃이 한 다발 들려 있었다. 천천히 승학산을 오르던 아가씨는 어느 가족 납골당 앞에 멈추었다. 많은 비석들 사이에 금방 만든 듯 보이는 비석 하나 앞에 조용히 서 있는 아가씨.

헌데…… 그 조그만 비석에 이렇게 쓰여 있었다.

이. 초. 희.

병원에서 정신을 차린 제갈진수는 자신을 내려다보는 낯익은 얼굴을 마주했다.

"이제 정신이 들었니?"

"어머니!"

제갈진수의 병실을 찾아온 것은 오수경이었다. 집에서 기절하고 있어야 할 오수경이 제갈진수가 입원해 있는 병실을 찾아온 것이다.

"그 못된 늙은이가 널 이렇게 만들었다고?"

"늙은이라니요?"

"허 집사 말이야."

"그럼? 허 집사가 날 때렸단 말이에요?"

"그래! 이 멍청아! 그래가지고 어떻게 M그룹을 갖겠다고. 늙은이가 휘두른 방망이에 정신이나 잃고. 쯧쯧……."

오수경은 기막히다는 표정으로 혀를 찼다.

"얼마나 아팠다고요. 어머니도 한번 맞아보세요."

"넌 미경이가 살아 있다고 믿느냐?"

"네? 그게 무슨 말이에요?"

"지금 이곳에 나타난 것은 몇 년 전부터 미경이와 인생을 바꿔가며 살던 윤지수란 아이야. 그 아이가 미경이 행세를 하며 돌아온 거라고."

"어쩐지……. 이상하다 생각은 했어요. 그럼……! 혹시?"

"그래! 바로 미경이를 죽인 범인이지. 그 아이가."

"정말 똑같던데요? 어떻게 그렇게 똑같죠? 아무리 성형수술을 했다고 해도?"

"그러니 다들 속는 것 아니겠어? 미경이가 살아 돌아온 것으로 생각하고 있잖아."

"저도 속았어요. 정말 미경인 줄 알았거든요."

"이게 속아주니까 이젠 회사까지 넘보려는 수작이더구나."

"네? 수작이라니요?"

"미경이 주식은 물론 회장님 주식까지 모두 차지하려고 수작을 부리는 모양이더라."

"그걸 알면서 왜 가만히 있으세요? 얼른 검사에게 잡아가도록 신고를 하셔야죠. 그럼 간단한 걸 가지고."

"시끄러워 이놈아! 이제 좀 있으면 지수가 스스로 경찰서에 찾아갈 거야. 자수하러. 그러니 다음 계획을 세워야지. 이렇게 멍청한 짓이나 골라 하고. 어떻게 널 믿고 일을 도모하겠니? 정신 좀 차려."

"지수가 왜요? 어떻게 하셨기에?"

"귀신 덕분이지."

"네? 귀신이라니요?"

"미경이가 귀신이 돼서 밤에 나타나는구나. 어미도 기절하고, 지수도 기절하고 그랬다. 해서 낮에도 귀신이 나타나는 것처럼 꾸며서 지수를 견디지 못하게 만들려고 한다."

"어머니도 참. 무슨 귀신놀이예요?"

"그래야 저 멍청한 검사나 경찰들이 잡지 못하는 범인을 범인 스스로 자수하게 만들지 않겠니?"

"허면 지수가 스스로 범인이라고 자수하게 하시려고요?"

"그래! 그럴 생각이다. 그게 가장 안전한 방법이잖니?"

"허긴 그래요. 범인 스스로 자수했는데. 무슨 의심을 하겠어요. 역시 어머닌 머리가 좋아요."

제갈진수가 엄지손가락을 치켜세웠다.

"몸조리나 잘해라! 남의 이목이 있어서 난 얼른 가야겠다."

"네! 염려 마세요. 저도 볼일이 있거든요."

제갈진수가 몸을 일으키려고 했다. 퇴원을 하려는 생각이다.

"넌 하루 더 병실에 있다가 나오너라!"

"왜요?"

"아직 국환이가 나타나지 않았다."

"그게 무슨 말이에요?"

"국환이도 너처럼 미경이가 돌아왔다는 소식을 들었을 텐데. 오지 않는다는 것은 무엇을 의미 하겠니? 바로 미경이가 아닌 지수란 것을 알고 있다는 거야. 모르겠니?"

"어떻게요?"

"글쎄다. 그걸 나도 모르겠다. 세상에서 나만 아는 비밀인데, 어떻게 알았는지. 지금 나도 그걸 생각 중이다."

"모르는 것이 없는 줄 알았는데, 있으시네요?"

"호호…… 몸조리나 잘해라! 간다."

오수경은 작은 소리로 웃으며 병실을 나가버렸다.

"휴······."

제갈진수가 갑자기 길게 한숨을 내쉰다. 무슨 뜻일까.

조 형사는 택시를 타고 부산역으로 향하면서 마치 화풀이라도 하듯 진영에게 전화를 걸었다.

"찾으셨어요?"

진영은 전화를 받으며 기대에 가득 찬 목소리였다.

"찾기는 개뿔. 이초희 비슷한 이름도 없더라."

조 형사는 어린 진영의 말을 듣는 것이 아니란 말은 차마 못하고 막 나오는 그 말을 꿀꺽 삼켜버렸다.

"그럴 리가 없는데······!"

"없긴. 새로 생긴 무덤이란 무덤은 다 돌아다녀봤어."

"엥? 화장해서 묻은 건데. 꼭 무덤이 아닐 수도 있어요. 예를 들면 납골당이라든지. 가족 납골당 같은 거."

"잠깐! 가족 납골당? 이초희가 어디 이 씨지?"

"전주 이 씨예요."

"아! 알았어!"

조 형사는 급히 전화를 끊었다.

"그래! 아까 얼핏 봤는데······. 전주 이 씨 납골묘에 새로운 비석 같은 것이 보였어. 기사님! 죄송한데 차를 다시 돌려주시겠어요."

조 형사는 다시 승학산으로 향했다.

제갈진수는 오수경이 나가자 잠시 한숨을 쉬더니 팔뚝에 꽂힌 주사바늘을 뽑았다. 환자복을 벗고 얼른 외출복을 갈아입었다. 병원을 나가려는 것이다. 헌데 바로 그때 병실 문이 열리며 예쁜 아가씨가 들어왔다. 진영이다.

"누…… 누구?"

"서부지검 1021호 검사실에서 나왔어요. 물어볼 것이 있어서요."

"아! 네!"

제갈진수는 검사실이란 말에 정색을 하며 얼른 침대에 걸터앉았다.

"다친 머리는 괜찮으신가요?"

"아! 네!"

"다행이네요. 피의자를 상대로 고소할 생각은 없나요?"

"네! 이 정도에 무슨……."

"네! 그렇군요. 퇴원하시려고요?"

"네! 답답해서요."

"잠깐 다친 머리 좀 보여줄 수 있나요?"

"네? 그건 왜요?"

"아! 우리 검사님도 똑같이 당했거든요. 해서 어떤 둔기를 사용했는지 알아보려고요."

"아! 네! 그거야 뭐."

제갈진수가 머리를 숙이고 뒤통수를 진영에게 보였다.

진영의 손이 제갈진수의 머리를 만지며 자세히 살피고 있었다.

"우리 검사님 머리와 같은 상처군요. 잘 봤습니다. 그리고 실례했습니다."

진영은 가볍게 인사하고 병실을 나갔다. 혼자 남은 제갈진수는 어이없다는 표정이다.

"저 여자는 뭐지……?"

고개를 갸웃하며 실없는 미소를 짓던 제갈진수 역시 서둘러 병실을 나갔다.

M그룹 본부장실.

지수는 아침부터 나와서 업무를 보고 있었다. 직원들이 가져온 서류를 꼼꼼히 검토하고 결재도 하면서 직원들이 나가면 무엇인가 열심히 찾기도 하고 서류들도 꼼꼼히 읽어보며 컴퓨터로 무슨 서류를 열심히 만들어 어떤 서류는 파쇄기에 넣고 다시 만들어 끼우는 등 분주하게 움직이고 있었다.

서랍에서 도장을 꺼내 살펴보던 지수가 자신의 핸드백에서 같은 도장을 꺼내 서랍에 넣고 서랍에 있던 도장을 자신의 핸드백에 넣었다. 도장을 바꿔치기한 지수는 본부장실을 나왔다.

"결제할 서류들은 모두 가져온 거죠?"

비서들에게 묻는 지수.

"네! 현재는 그렇습니다."

젊은 남자 비서가 대답했다.

"혼자 산책 좀 하려고 하니 따라 나오지 마세요."

지수는 따라 나오려는 비서들을 만류하며 혼자 나갔다.

"어쩐 일이시지? 오늘따라 유난히 결재서류도 꼼꼼히 검토하시고,
단정해 보이시니……."

"글쎄 말이야. 난 딴사람인 줄 알았어."

"회장님께 꾸지람이라도 들었나?"

비서들이 한마디씩 한다.

김준 형사는 M그룹 복도에서 커피를 마시고 있었다. 괜히 오르락
내리락하며 본부장실을 감시하고 있던 김 형사 눈에 지수가 혼자 나
오는 것이 보였다. 김 형사 눈이 반짝 빛났다.

"호오! 나오셨군!"

마시던 커피 잔을 그대로 쓰레기통에 넣고 천천히 지수를 미행하
기 시작했다. 지수는 곧바로 엘리베이터를 탔다. 지수가 1층으로 향
하자 김 형사는 비상계단으로 뛰어 내려가기 시작했다. 정신없이 뛰
어내려온 김 형사는 다행히 지수가 1층 화장실로 들어가는 것을 보
고 다시 멀리서 지켜보기 시작했다. 허나…… 지수는 나오지 않았
다. 아무리 기다려도 지수가 화장실에서 나오지 않자 여자화장실로
달려간 김준.

"이런……!"

김 형사는 어이없다는 표정을 지으며 멍하니 서 있었다. 1층 여자
화장실은 밖으로 나가는 문이 별도로 있었던 것이다. 바로 1층 주차

장으로 통하는 문이었다.

"윤지수! 모든 열쇠는 그녀가 쥐고 있다. 난 내 직감을 믿는다."

김 형사는 혼자 다짐하듯 한마디 남기고 천천히 M그룹을 떠났다.

병원을 나온 오수경은 곧바로 집으로 돌아왔다.

"……!?"

집으로 들어온 오수경은 어이없다는 표정을 지었다. 1층 거실 바닥에 쓰러진 지수를 발견한 것이다.

"이게 왜? 아하!"

오수경은 지수가 다시 1층 거실에서 기절한 이유를 알겠다는 듯 미소를 지었다. 거실엔 아직도 텔레비전과 전축이 저절로 켜졌다 꺼졌다 하고, 심지어 에어컨도 전등도 교대로 켜졌다 꺼졌다 하고 있었다.

"아이쿠! 나갈 때 타이머를 끄고 간다는 것이 깜빡했네."

오수경은 배시시 미소를 짓더니 거실 구석에 있는 조그만 리모컨 같은 것을 만졌다. 그러자 일제히 거실 전자제품들이 작동을 멈췄다.

"다른 건 다 알면서……. 이건 몰랐더냐? 이것도 미경이가 만들어 놓은 것인데."

오수경이 쓰러진 지수를 바라보며 가소롭다는 투로 한마디 했다.

바로 그때

딩동~.

초인종이 울렸다.

"누구지? 아줌마는 내일이나 나올 텐데?"

초인종을 누른 사람은 진영이다.

"누구세요?"

오수경이 물었다.

"서부지검 1021호 검사실에서 나왔습니다."

"아! 네! 무슨 일이죠?"

"잠깐 여쭤볼 것이 있어서요. 들어가도 되겠죠?"

"아! 네! 잠시만요."

오수경은 쓰러진 지수를 질질 끌고 가장 가까운 방으로 들어갔다. 바로 오수경의 방이다. 오수경은 만약을 위해 자신의 방문을 안으로 잠그고 거실로 나와 대문을 열어줬다. 잠시 후 진영이 거실로 들어왔다.

"안녕하세요? 서부지검 1021호 검사실 직원 김진영입니다."

"아! 네! 어서 오세요."

오수경은 검사가 아니라 직원이란 말에 약간 실망한 표정이다.

"잠깐 여쭤볼 말이 있어서요. 괜찮으시겠죠?"

"네! 그럼요. 괜찮아요. 앉으세요."

"감사합니다. 거실이 꽤 넓고 좋네요. 회장님이 사시는 집은 화려하고 비싼 가구들로 가득한 줄 알았는데……"

진영이 거실을 둘러보며 한마디 하고 소파에 앉았다.

"우리 회장님이 검소하셔서……. 차라도 한잔 드릴까요?"

"아! 네!"

"무슨 차를 드릴까요?"

"전 다방식 커피면 됩니다."

"네! 잠시만."

오수경이 차를 타러 주방으로 들어갔다.

진영은 혼자 소파에 앉아서 거실만 두리번거리고 있었다.

"아! 어지러워."

지수가 오수경의 방에서 비틀거리고 나오며 한마디 한다.

"어! 안녕하세요?"

진영이 아는 체하려고 벌떡 일어섰다. 허나 지수는 손만 흔들어 보이며 이층으로 올라가 버렸다.

"화장실이 어디죠?"

진영이 갑자기 생각난 듯 두 눈을 반짝이며 큰소리로 물었다.

"이층으로 올라가는 계단 우측에……."

주방에서 오수경이 대답했다. 진영은 즉시 화장실로 들어갔다.

"흠……!"

이층으로 올라갔던 지수가 다시 계단을 조금 내려와 진영이 들어간 화장실을 내려다보며 고개를 갸웃거리더니 고개를 끄떡끄떡하면서 다시 올라가 버렸다.

잠시 후 화장실에서 나온 진영은 이미 커피를 준비한 오수경과 소파에 마주 앉았다.

"그래, 무슨 일로……?"

오수경이 먼저 물었다.

"죽은 줄 알았던 따님이 돌아오셨다는데, 그럼 먼저 장례식을 치른 따님은 누구였나요? 매스컴을 통해 알려진 그 성형수술을 한 윤지수란 여인인가요?"

"호호…… 검사실에서 나오셨다면서 그 당연한 걸 질문하려고 오시진 않았을 것이고, 본론을 말씀하시죠?"

오수경이 진영을 뚫어지게 바라보며 묘한 미소를 지었다.

"아! 그렇다면 본론을 말씀드리죠. 그 매스컴에서 발표된 윤지수 말입니다. 바뀐 거죠?"

"네? 바뀌다니요?"

"죽은 사람이 따님 맞고, 지금 살아 있는 사람이 윤지수 맞죠?"

"엥? 무슨 그런 엉터리 같은…… 말도 안 되는 소리를? 아가씨가 검사 맞아요? 아니죠? 제가 알기론 담당 검사님이 젊은 남자라던데? 아가씨는 누구예요?"

"아! 죄송해요. 전 검사님을 보필하는 시보예요."

"네……! 그러시군요. 그렇다 해도 좀 지나치신 것 같네요. 우리 딸을 지수라니? 그런 말은 다신 꺼내지 않는 게 좋겠어요."

오수경은 검사시보가 뭐하는 사람인지 알지 못하는 눈치다. 그냥 검사실에서 왔다니 검사와 뭐 비슷한 사람이거니 생각하는 것 같았다.

"아! 네! 정말 죄송해요. 제 질문이 좀 천방지축이라고 다들 그래요. 호호……"

"아니 꼭 그렇다고 하진 않았지만……. 그게 본론인가요?"

"네! 그걸 한번 물어보고 싶었어요. 이젠 물어볼 것은 다 물어봤으니 그만 갈게요."

진영은 오수경의 대답은 듣지 않고 곧바로 일어나 고개 숙여 인사하고 밖으로 나갔다.

"풋……! 웃기는 아가씨네."

오수경은 어이없다는 웃음을 지었다.

제갈미경의 보디가드였던 장태경은 오늘도 자신이 본 제갈미경의 흔적을 쫓고 있었다. 오랜 시간을 가까이서 보디가드 역할을 했던 장태경은 지수가 가짜라는 것을 알았다. 우연히 전철역에서 본 제갈미경. 장태경은 그녀가 바로 살아 있는 제갈미경이라 확신했다. 해서 초희네 집에서 나와 제갈미경의 흔적을 쫓아 추적하고 있었다.

장태경의 발길은 병원 건물로 들어섰다.

"분명히 아가씨가 다녀간 흔적이 있다."

장태경은 코를 벌름거렸다.

"다른 건 몰라도 난 아가씨 특유의 냄새를 기억한다. 아가씨를 호위하기 위해 내가 추적을 하기 위해 노력으로 얻은 향기다."

장태경은 병원 안을 두리번거리더니 곧장 엘리베이터를 탔다. 장태경이 어느 병실 문을 열고 안으로 들어갔다. 바로 제갈진수가 입원했던 병실이다.

"한발 늦었다."

장태경은 탄식하며 병실을 나갔다.

해가 뉘엿뉘엿 서산으로 넘어가는 시간. 조 형사가 승학산에 다시 돌아왔다. 택시에서 내린 조 형사는 택시 기사에게 조금만 기다려

달라고 말하고 낮에 지나쳤던 그 전주 이 씨 가족 납골묘지로 달려 갔다.

"……!?"

눈이 시리도록 하얀 국화꽃 한 다발이 비석의 이름을 가리고 조 형사를 기다리고 있었다.

"누가 왔다 갔군. 아까는 없던 국화꽃이다."

조 형사는 산 아래 쪽으로 고개를 돌려 살펴보았으나 사람 그림자도 보이지 않았다.

"젠장! 한발 늦었다. 시보 아가씨보다 못하다니. 이젠 나도 늙었나……."

엎드려 국화꽃 다발을 치운 조 형사는 비석에 쓰인 이름을 보며 고개를 끄떡거렸다.

이 초 희.

바로 그렇게 찾던 이초희의 무덤이었다.

"시보 진영의 말이 딱 맞네! 역시 탐정 소녀라더니 대단해."

조 형사는 진영의 능력을 다시 평가했다. 진영이 말대로 초희의 무덤이 있다면 제갈미경으로 변장하고 가평 별장에 갔다가 살해당한 것은 초희가 맞았다. 당연히 제갈미경은 살아 있고, 윤지수도 살아 있다. 현재 제갈미경 행세를 하는 여자는 윤지수가 맞고, 제갈미경은 복수를 위해 몸을 숨긴 상태다. 조 형사는 그렇게 확신했다.

"오늘 이곳에 국화꽃을 가지고 온 사람은 분명히 제갈미경일 것이다. 한발 늦었다. 아니 내가 멍청해서 그녀를 만나지 못한 것이다. 이런 아둔한……."

조 형사가 자신의 주먹으로 자신의 머리를 탁탁 쳤다.

헌데…….

자신의 머리를 탁탁 치던 조 형사의 눈에 자신을 향해 다가오는 건장한 남자들이 보였다. 하나 둘이 아니었다. 10여 명. 순간 조 형사는 형사만의 직감으로 뭔가 잘못됐다는 것을 알았다.

"저들은 어디 소속이지?"

잠시 망설이던 조 형사는 달아나야 한다는 것을 알았다.

"제기랄! 알아서는 안 될 것을 알았단 것이군! 도망은 칠 수 없겠지만 시간이 필요하다."

조 형사는 산허리를 돌아 서쪽으로 도망치기 시작했다. 10여 명의 남자들도 조 형사를 쫓아 뛰어오기 시작했다. 쫓고 쫓기는 상황에서 조 형사는 급히 핸드폰을 열고 진영에게 전화를 걸었다. 다행히 진영은 바로 전화를 받았다.

"나 조 형산데. 질문하지 말고 듣기만 해. 우리가 알아서는 안 될 것을 알았어. 이초희 무덤 말이야. 정말 있었거든. 헌데 난 바로 쫓기는 몸이 됐어. 보니 같은 형사들이야. 아마도 다른 죄목으로 날 잡아가려는 모양인데, 죽이지는 못하겠지만 한동안 나올 수 없을 것 같아. 누군가 시간이 필요한가봐. 우리가 벌써 알면 안 되는 진실을 알았다는 뜻이지. 해서 한동안 내가 안 보이더라도 누구도 믿지 말고 혼자 열심히 파헤쳐봐. 몸조심하고. 다행히 내겐 비상용 핸드폰이 있어. 이제 이 폰은 저들이 모르게 버릴 거야. 내 이름으로 된 폰도 아니니 아가씨와 통화한 기록은 찾기 힘들 거야."

"무슨 말인지 알겠어요. 탐정 놀이에 이런 것도 나오거든요. 고생하세요. 다음에 만나죠."

진영이 먼저 그 말을 하고 전화를 끊었다.

"허! 역시 말이 통하는 아가씨야. 허허……."

조 형사는 통쾌하게 웃으며 핸드폰을 계곡 밑으로 던졌다. 따라오는 자들이 눈치 채지 못하게 숲속으로 몸을 숨기며 던졌다.

"잘하리라 믿는다. 똑똑한 아가씨니까. 허허……."

조 형사는 조금 더 도망치다가 그들에게 붙잡혔다.

"왜? 고생시킵니까? 다 아시면서."

젊은 남자가 조 형사 손에 수갑을 채우며 말했다.

"어디 소속인가?"

조 형사가 물었다.

"중부 소속입니다."

"그래! 가지."

조 형사는 더 이상 묻지 않고 순순히 그들을 따라갔다.

진영은 조 형사의 전화를 서부지검 입구에 들어서면서 받았다. 주차장에 차를 세우고 잠시 조 형사와의 통화내용을 생각했다. 누군지 모르지만 벌써 알면 안 되는 사실을 우리가 알았다는 이야기이며, 그 사실을 잠시 덮어두기 위해 조 형사의 입을 막아두려는 것이다. 누굴까? 왜? 이초희가 죽었고, 그 무덤을 확인해서 이초희의 죽음을 알리면 안 된다는 것일까? 이는 반대로 제갈미경이 살아 있다는 것을 아직 알아서는 안 된다는 이야기가 된다. 허면 제갈미경의 죽음을 숨겨야 하는 사람이 조 형사를 잡아갔다고 봐야 옳다. 제갈미경을 보호하려고 하는 사람은 현재 제갈현. 조 형사를 잡아간 배후엔 재벌그룹 총수 제갈현이 관련되어 있다. 진영은 그렇게 생각했다.

'의외로 간단하네. 제갈현이라……. 그렇다면 누가 제갈현의 부탁을 받고 조 형사를? 변칙으로 제갈진수와 오수경의 머리카락을 수거해서 유전자 감식을 한 결과 둘은 아무런 사이가 아니라고 나왔다. 뭐 친 모자 사이라고는 생각하지 않았지만. 혹시나 해서 한번 알아봤다. 헌데 누가 조 형사를 잡아간 것일까? 혹시 누군가 의뢰해서 이미 다른 곳에서 수사하는 것이 아닐까? 초희 무덤은 범인을 유인하기 위한 함정이고.'

진영은 곰곰이 생각했다. 막강한 권력이 있어야 수사를 하고 있는 아무 잘못도 없는 현직 경찰관을 잡아갈 수 있지 않을까? 아니면 우리가 가는 방향 말고 다른 방향으로 수사를 진행하는 또 다른 수사팀이……? 그럴 수도 있다. 진영은 손으로 무릎을 탁 치며 그렇게 결론을 내리고 승용차에서 내려 검사실로 향했다.

서부지검 1021호 검사실에 도착해서 막 문을 열고 들어간 진영은 자신의 생각이 잘못됐다는 것을 알아야 했다.

"허! 시보께서 이젠 조 형사님이 없어서 누구하고 놀까?"

김 형사가 비꼬는 말에 진영은 온몸이 경직됐다.

"그…… 그게? 무슨 말이에요?"

바로 조금 전 조 형사가 자신과 통화를 했다. 불과 몇 분 전에. 헌데 김 형사는 이미 알고 있다는 말투가 아닌가. 진영은 온몸에 소름이 쫙 끼쳤다. 이곳 수사팀에도 적이 있다는 생각에 온몸이 경직된 것이다.

"검사님께 물어봐!"

김 형사 말에 진영은 더욱 놀랐다. 검사 유민혁까지 적이란 말이 아닌가.

"조 형사님은 잠시 다른 수사팀에 합류할 일이 생겨서 우리 팀을 떠나게 됐어요."

진영의 생각처럼 유민혁은 이미 조 형사 일을 알고 있었던 것이다. 어쩌면 조 형사가 부산으로 이초희 무덤을 찾아 내려간 것을 적들에게 알려준 것이 유민혁 검사인지도 모른다는 생각에 진영의 등줄기에 식은땀이 흘렀다. 갑자기 조 형사 말이 생각났다. "아무도 믿지 말고." 그 말뜻을 이제야 알게 된 진영은 자신의 표정 관리에 주의하며 자리에 가서 앉았다.

"부산은 갔다 오셨대요?"

진영이 시치미를 떼고 물었다.

"오셨다가 가셨어요. 아무 소득도 없었다 하시던데."

민혁이 진영을 바라보며 두 눈을 빛냈다. 뭔가 진영에게서 알아내려는 눈치 같았다.

"네! 그렇군요. 혹시나 했는데."

진영 역시 시치미를 떼고 표정 관리를 했다. 오지도 않은 조 형사를 왔다 갔다고 거짓말하는 유민혁을 보며 진영은 등줄기에 식은땀이 흘렀다. 지금까지 믿고 같이 일했던 모두가 적이라는 생각 때문이다.

밤.

밤낮을 가리지 않고 나타나는 제갈미경의 귀신 때문에 지수는 집에 들어가기가 겁나 모든 직원이 퇴근한 회사 사무실 소파에서 잠을 청했다.

잠시 잠이 들었나보다. 무엇인가 차가운 바람이 얼굴로 불어오는 느낌에 잠에서 깬 지수는 자신의 얼굴 가까이 하얀 웃음을 짓는 제갈미경의 얼굴이 보이자 다시 기절하고 말았다.

새벽에 겨우 정신을 차린 지수는 미친 듯이 회사를 뛰쳐나가 집으로 도망쳤다. 허나 집으로 들어가자마자 지수는 다시 자신의 방 침대에서 자신을 기다리는 제갈미경의 귀신을 보고 복도에 그대로 쓰러지고 말았다.

낮엔 전자제품이 저절로 켜졌다 꺼졌다 하며 지수를 괴롭혔고, 밤엔 제갈미경의 귀신이 지수를 괴롭혔다. 하루 이틀도 아니고 매일 반복되어 나타나는 귀신 때문에 지수는 차츰 지쳐갔다. 그리고 기다렸다는 듯 오수경이 지수를 찾았다.

며칠 밤낮을 제갈미경의 귀신에게 시달렸던 지수. 지수는 밤마다 나타나는 귀신 때문에 잠을 설치고 잔뜩 찌푸린 얼굴로 회사에 출근했다. 출근을 하면서 어젯밤 오수경이 하던 말이 생각났다.

"네가 미경이를 죽인 사실이 밝혀지면 넌 어차피 회사 주식도, 네 앞으로 있는 상속권도, 재산도 모두 사라져. 그러니 네가 스스로 자수하면 죄도 가벼워지고 한 5년 살면 나오게 될 거야. 그때 엄마가 너에게 돌려주면 그것이 가장 좋은 방법이야. 허니 내일 회사에 출근해서 미경이 인감도장으로 모든 주식을 나에게 양도하고, 재산과 상속권도 나에게 양도한다는 서류를 만들어 내게 가져다 줘. 그럼 넌 안심하고 자수를 해도 되잖아? 만약 하루하루 미루다가 네가 붙잡히면 모든 재산은 다 날아가잖아. 알았지?"

오수경의 설득으로 오늘 아침 지수는 자수를 결심했다. 어차피 자신이 제갈미경을 자살로 위장해서 죽인 것은 사실이니까. 자수하면 죄도 가벼워질 것이라 생각했다. 무엇보다 밤에 나타나는 제갈미경의 귀신을 안 봐도 될 것 같았다.

자신을 길러준 엄마 같으면 이럴 때 가장 좋은 방법을 가르쳐주겠지만, 비록 다 커서 만났어도 친엄마는 친엄마다. 자신을 낳아준 친엄마 오수경의 말을 믿기로 했다. 그래서 회사 사무실에 들어가자마자 바로 제갈미경의 인감을 찾아 오수경에게 모든 재산을 양도한다는 각서를 작성했다. 또한 제갈미경의 권한으로 할 수 있는 모든 서류를 모두 오수경에게 유리하도록 작성했다. 그리고 유유히 회사를 나와 오수경에게 돌아갔다.

그리고 그날 오후. 지수는 서부경찰서에 가서 자수했다. 자신은 제갈미경이 아니라 윤지수이며, 제갈미경을 유인해 소나무 아래서 책을 읽다가 졸고 있는 제갈미경을 소나무 위에서 밧줄로 올가미를 만들어 제갈미경의 목에 씌우고 소나무 가지에서 반대 방향으로 뛰어내려 제갈미경이 스스로 목을 매어 자살을 한 것으로 위장했다는 것이 지수의 진술 내용이었다.

이 소식이 가장 먼저 전달된 곳은 서부지검 1021호 검사실이었다. 진영이 가장 먼저 이 소식이 담긴 전화를 받았다.

"뭐라고요? 범인이 자수를 해요? 윤지수가요?"

진영이 전화를 받는 소리에 김 형사는 약간 놀란 표정을 지었고, 반면 유민혁은 묘한 미소를 입가에 머금었다.

"가장 유력한 용의자가 윤지수란 사실엔 틀림이 없다. 하지만 이건 아니다. 뭔가 이상한 생각이 든다."

진영이 생각에 잠겨 있을 때였다.

"진영 씨!"

민혁이 진영을 불렀다.

"네?"

"나하고 중부경찰서에 같이 갑시다."

"네? 중부경찰서에요? 거긴 윤지수가 자수한 경찰서 아네요?"

"그래요. 가서 윤지수의 진술이 사실인지 거짓말 탐지기로 실험을 좀 하려고요."

"아! 네!"

진영은 역시 민혁이 옳은 생각을 했다고 판단했다. 지수의 진술이 거짓 같았기 때문이다. 뭔가 석연치 않은 구석이 있으므로 반드시

진실인지 아닌지 그걸 알고 싶은 것은 오히려 진영이었다.

　장태경.

　제갈미경의 보디가드였던 그는 그녀가 살아 있다는 확신을 갖고 끈질기게 제갈미경의 흔적을 쫓아 추적하고 있었다. 그도 지수가 제갈미경을 죽였다고 자수한 사실을 알고 있었다. 하지만 태경은 지수의 자수를 믿지 않았다. 분명히 제갈미경은 살아 있고 자신이 본 제갈미경이 지수가 아니라는 확신을 갖고 있었다.

　지수가 자수를 했던 그날 늦은 오후. 태경은 지수의 자수를 어떻게 생각하는지 민혁에게 묻고 싶어서 서부지검으로 막 들어서는 순간이었다.

　"엇! 저 여자는……!"

　태경의 눈에 들어온 것은 민혁과 함께 서부지검을 나서던 진영이었다. 태경이 진영을 안다는 것이 이상할 만큼 태경은 진영을 보고 무척 놀라고 있었다. 민혁을 만나러 온 태경은 얼른 몸을 숨겼다. 진영과 마주치면 안 되는 어떤 사연이 있는지. 멀리 숨어서 천천히 민혁과 진영의 뒤를 미행하기 시작했다. 민혁과 진영이 승용차를 타고 주차장을 빠져나가자 서둘러 태경도 자신의 승용차를 타고 뒤를 따르기 시작했다.

　"찾았다! 아가씨를."

　태경의 입에서 뜻밖의 말이 새어나왔다.

　아가씨라니? 진영이 아가씨란 말인가? 제갈미경이 진영?

저승에서
온
미녀

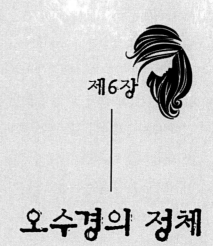

제6장

오수경의 정체

조 형사는 어느 취조실에 앉아 있었다. 그의 앞에는 안면이 있는 사람이 마주 앉아 있었다. 한때 같은 수사팀이었던 동료 형사다.

"이건 우리가 오랫동안 범인이 모습을 드러내도록 함정을 파놓고 유인하는 작전인데…… 조 선배가 끼어든 겁니다."

조 형사 앞에 앉은 동료 형사가 말했다.

"범인이라면? 제갈미경을 죽인 범인 말인가?"

조 형사가 입에 담배를 하나 물면서 물었다.

"아직도 담배를 끊지 못하셨습니까?"

동료 형사가 라이터로 조 형사의 입에 문 담배에 불을 붙여주며 말했다.

"후…… 제갈미경을 죽인 범인이라면 우리 팀에서 수사를 하는데? 아닌가?"

조 형사는 입 안 가득 담배 연기를 빨아들였다가 내뿜으며 물었다.

"제갈민, 제갈찬, 이지은 그리고 제갈미경까지. 이어진 살인이죠."

"아! 현재 회장인 제갈현의 아버지와 제갈현의 형. 그 두 사람의 범인까지 동일범으로?"

조 형사는 이제야 자신이 이곳에 끌려온 이유를 알겠다는 표정이다. M그룹 전임 회장이었던 제갈민. 그는 오랜 지병으로 사망한 것으로 알려졌다. 또한 당시 유일한 M그룹 후계자였던 제갈민의 큰아들 제갈찬 역시 음주운전으로 자신의 승용차를 몰다가 혼자 절벽에 떨어져 사망한 것으로 알려졌다.

"네! 벌써 3년 전부터 제갈현의 의뢰로 비밀리에 수사를 했습니다."

"나도 그 사건들이 우연이라고 하기엔 뭔가 석연치 않았어. 제갈민이 평소 앓고 있었던 질병은 심하지 않은 당뇨로 알고 있었고, 평상시에 술을 잘 마시지 않는 제갈찬이 음주운전이라니, 그렇지 않은가? 허나 이지은 그 여자는 췌장암으로 사망했는데? 무슨 수사를?"

"그렇습니다. 지금까지 수사한 결과 제갈민은 독살을 당한 것으로 밝혀졌고, 제갈찬 역시 음주를 한 것은 사실이지만, 차에서 잠든 것을 누군가 그 절벽까지 대신 몰고 가서 떨어뜨린 것으로 밝혀졌지만 범인은 오리무중입니다. 단지 이지은 그 여자는 췌장암으로 사망한 것이 틀림없는 것 같습니다."

"음……! 그럼 이초희 무덤은?"

"수사를 하셨으니까 대충 알겠지만, 제갈미경은 자살한 것이 아닙니다. 누군가 교묘하게 자살로 위장해서 살해한 것입니다. 해서 제갈미경은 살아 있고, 제갈미경으로 위장해서 가평 별장에 갔던 이초희가 죽었다. 하면 반드시 범인이 이초희 무덤을 확인하러 올 것이라는 확신을 갖고 잠복 중이었습니다."

"뭐라고? 그럼 정말 제갈미경이 죽었단 말이야? 이초희가 죽은 것처럼 위장한 것이 자네들이고?"

조 형사는 어이가 없었다. 진영과 자신이 그렇게 추리하고 움직인 것이 고작 다른 수사팀에서 파놓은 함정이었다니.

"그렇습니다!"

"허……! 그 하얀 국화꽃 다발은? 죽은 이초희 무덤도 아니라면서? 정말 빈 무덤이 아니었나?"

"네? 그 국화꽃 다발은 조 선배가 갖다놓은 것 아닌가요?"

동료 형사는 조 형사 말에 화들짝 놀라며 묻는다.

"아니! 거기 있었는데……. 잠복근무를 했다며? 이런! 잠복근무를 소홀히 했구먼."

조 형사가 동료 형사를 질책했다.

"그, 그럴 리가! 교대로 계속 잠복했는데……."

동료 형사는 믿을 수 없다는 표정을 지었다.

"그럼? 귀신이라도 왔단 말인가?"

조 형사는 동료 형사를 보며 딴죽을 걸고 있었다.

"귀…… 귀신? 정말 귀신이 왔단 말인가?"

동료 형사가 믿을 수 없다는 표정이다.

"뭐?"

조 형사는 어이가 없었다. 비웃는 말로 귀신 이야기를 했더니 그걸 믿는 눈치가 아닌가. 이걸 형사라고. 막 한마디 더 하려는데 동료 형사가 다시 말을 이어갔다.

"잠복하던 형사들이 간혹 귀신 이야기를 했는데, 조 선배 입에서 귀신 이야기가 나오니 새롭네요. 먼저 한 사흘 됐나? 잠복을 서던 형사 하나가 뭐라더라? 제갈미경이 나타났다가 바람처럼 사라졌다고 하던가? 그전에도 어떤 녀석이 잠복을 서다 제갈미경을 봤다고 하기에 야단을 쳤던 일이 있습니다만……! 조 선배님 이야기를 듣고 보니 정말 안 믿을 수도 없고."

"뭐? 이 사람이! 자넨 정말 귀신이 있다고 보는가?"

"방금 조 선배님이 귀신 이야기를 했잖아요?"

"아, 그거야 그 국화꽃 다발을 그대들이 갖다놓은 것이 아니라고 하니까 그랬지."

"정말 우리가 갖다놓은 거 아니라니까요. 우린 조 선배님이 가져다놓은 줄 알았어요. 해서 이미 조 선배가 이초희 무덤을 알고 왔다는 판단 아래 어떻게 알았는지 그걸 물으려고 한 자리인데."

"뭐라? 정말 그렇단 말이지? 자네들이 어디 가서 농땡이 피우다 와서 핑계 대는 건 아니고?"

"농땡이라니요? 우리 인원이 얼만데 다 자리를 비운단 말입니까?"

거기까지 말하던 동료 형사는 갑자기 무엇인가 생각난 듯 고개를 갸웃하더니 얼른 밖으로 나갔다.

"허허…… 농땡이 피운 것이 맞나보군!"

조 형사가 너털웃음을 웃었다.

민혁과 진영은 중부경찰서에 도착했다.

"……!?"

막 경찰서 현관으로 들어서려던 진영은 누군가 자신을 미행한다는 것을 느꼈다.

"검사님 먼저 올라가세요. 전 화장실에 좀……."

"네! 그래요."

민혁은 그 한마디를 남기고 곧바로 경찰서 2층으로 계단을 이용해 올라갔다. 이미 서류에 지수가 어디에서 취조를 받고 있는지 나와 있어서 진영으로서는 서두를 필요가 없었다.

"……!?"

반짝. 진영이 두 눈에 이채를 띠었다. 자신을 따라온 사람이 다름 아닌 장태경이란 사실을 알았기 때문이다. 숨어서 자신을 바라보는 장태경. 진영과 눈이 마주쳤다. 진영은 손을 귀 있는 곳으로 올려 머리를 만지는 시늉을 하며 가운뎃손가락을 세 번 까닥거렸다. 그러고는 바로 경찰서로 들어가 버렸다.

숨어서 진영을 보던 장태경은 진영이 경찰서로 들어가 버리자 고개를 갸웃거렸다.

"무슨 신호 같은데……! 가운뎃손가락을 세 번 까닥거렸다면? 아가씨의 전화번호에서 가운데 번호를 3으로 바뀌었다는 것인가? 어디한번 해볼까."

장태경은 즉시 핸드폰을 꺼내 전화를 걸었다.

"……없는 번호입니다……."

역시 전에 제갈미경이 사용하던 번호는 없는 번호라고 했다. 장태경은 다시 010을 제외한 세 번째 숫자를 3으로 바꿔 전화를 걸었다.

신호가 갔다. 핸드폰 컬러링도 늘 제갈미경이 즐겨 사용하던 음악 〈레몬트리〉다. 장태경은 심장이 콩콩 뛰었다.

"여보세요?"

전화를 받는 목소리. 틀림없는 제갈미경이다.

"아가씨! 살아 계셨군요? 윤지수와 같은 모습으로 성형을 하셨다고 하시던 그때 옛날 사진 한 장을 우연히 봤는데, 지금의 아가씨 모습이었어요. 성형을 하신 것이 아니었군요? 그럴 줄 알았습니다."

장태경의 두 눈엔 눈물이 주르륵 흘렀다. 목이 메어 말도 제대로 나오지 않았다.

"검사시보로 아르바이트를 하는 김진영은 내 친구야. 보디가드 부탁해. 잘 따라다니며 잘 지켜줘. 부탁이야."

제갈미경의 목소리다.

"친구요? 알았습니다! 목숨 바쳐 꼭 지키겠습니다. 아가씨!"

장태경은 울음 섞인 목소리로 대답했다.

"울지 말고. 남자가 무슨 눈물이 그리 많아?"

"알았어요. 울지 않을게요. 히히……."

장태경은 억지로 웃음을 보냈다.

"저녁에 K에서 만나. 맛있는 것 사줄게."

"네! 알겠습니다."

제갈미경이 먼저 전화를 끊었다.

핸드폰을 들고 장태경은 마치 춤을 추듯 이리저리 뛰어다니고 있었다. 입이 찢어질 듯 크게 벌리고 웃었다.

"으하하…… 역시 난 장태경이다. 아가씨의 영원한 보디가드. 으하하……."

진영이 경찰서 2층 취조실로 들어가자 이미 민혁이 거짓말 탐지기를 이용해서 지수를 심문하고 있었다.

"검사님 말씀을 듣고 우리가 여러 번 시도했는데 거짓이 아니었습니다. 모든 진술이 진실로 나왔습니다."

옆에서 담당 형사가 말했다.

"네! 그렇군요. 하지만 왔으니 몇 가지 질문만 하고 가겠습니다. 자리 좀……."

민혁은 옆에서 떠드는 형사에게 자리를 비켜줄 것을 요구했다.

"알겠습니다! 수고하십시오."

형사는 잠시 머뭇거리더니 밖으로 나가 버렸다,

"가평 별장엔 왜 갔습니까?"

민혁이 지수에게 질문했다.

"제갈미경을 죽이려고 갔습니다."

지수는 얼른 대답했다.

"비가 오는데 말입니까?"

"네?"

지수가 무슨 말이냐는 듯 물었다.

"제갈미경을 당신이 죽인 그날 아침부터 비가 왔잖아요. 몰랐나요?"

"네! 몰랐는데요. 비가 왔었나요?"

오히려 반문하는 지수. 그런 지수를 진영이 날카롭게 관찰하고 있었다.

"아! 참! 그날은 비가 오지 않았네요. 날씨가 많이 흐렸죠?"

민혁이 다시 물었다.

"네! 그런 것 같았어요."

지수가 대답했다.

"왜? 당신을 좋아하고 월급도 많이 주며 친구처럼 대한 제갈미경을 죽인 거죠?"

"그야 몇 번을 말해야 하나요? 미경의 자리가 탐이 나서 영원히 제 것으로 만들려고 그랬다니까요."

지수는 오히려 짜증스럽게 대답했다.

"그때 사용한 밧줄이 청색이었는데, 왜 청색 밧줄을 사용했죠?"

"어? 아까 형사는 하얀 밧줄이라 했는데, 청색이었나요?"

"자신이 사용한 밧줄도 모르나요? 청색이었잖아요?"

"글쎄요. 기억이 잘 나지 않아요. 무슨 색이었지……!?"

"그때 소나무 가지가 더 튼튼한 것이 옆에 있었는데, 왜 하필 그 나무를 택했죠?"

"그거야 그 나무 아래 제갈미경이 앉아 있었으니까요."

"아니잖아요. 제갈미경이 그 자리에 앉게 의자를 미리 준비해놓으셨던 것 아니에요?"

"아니에요. 그 나무 의자는 항상 그 자리에 있었어요. 거기서 늘

미경이가 책을 보다가 졸곤 했어요."

"그래서 미리 준비하신 거군요?"

"네! 맞아요. 그랬어요."

"당시 밧줄은 어디서 구하신 거죠?"

"가평에 있는 철물점에서요."

"얼마 주고 샀어요?"

"1만 원요."

"그 철물점 주인아주머니가 밧줄을 어디다 쓰려고 사느냐 묻지는 않던가요?"

"네! 묻지 않았어요."

"네! 됐습니다. 고생하셨습니다."

민혁은 심문을 마치고 취조실을 나갔다. 뒷일은 진영의 담당이다. 거짓말 탐지기도 지수 손에서 분리해야 하고, 심문 내용이 담긴 녹음기도 챙기고……. 다 진영의 몫이다. 진영은 지수 손에서 거짓말 탐지기를 분리하기 전에 슬쩍 한마디 물었다.

"무슨 목소리가 들려요?"

"네! 들려요."

"남자 목소리인가요?"

"네! 할아버지 목소리예요."

지수 입에서 그 대답이 나오자 진영의 입가에 작은 미소가 어렸다. 진영은 얼른 지수 손에서 거짓말 탐지기를 제거해주고 녹음기를 챙겨 취조실을 나왔다.

"그건 무슨 질문이에요?"

취조 내용을 다 듣고 있었는지 조금 전 담당 형사가 취조실 밖에서 진영에게 물었다.

"무엇을요?"

진영이 시치미를 떼며 오히려 반문했다.

"무슨 목소리 이야기요?"

"아! 별장에서 당시 어떤 노인이 까치를 쫓고 있었어요. 농사를 짓는데 까치가 농작물을 망친 모양이에요."

진영은 별것 아니라는 표정을 지으며 그 말을 남기고 민혁을 따라 부지런히 경찰서를 빠져나왔다.

"까치? 농사? M그룹 별장 근처에 농사꾼이 있었나?"

담당 형사는 고개를 갸우뚱했다.

늦은 오후, 오수경은 한강 유람선 위에 있었다.

유람선 커피숍 가장 구석진 자리에 앉아 누군가 기다리는 모습이다. 가끔 손목시계를 들여다보는 것이 만나기로 한 사람이 늦는 모양이다. 지루하다는 듯 하품까지 하던 오수경의 눈이 반짝 빛났다. 오수경의 눈은 커피숍으로 막 들어서는 한 남자에 초점이 맞춰졌다. 돼지처럼 살이 뒤룩뒤룩 찐 50대 남자다.

방기준. M그룹 이사 중 하나로, 제갈현 다음으로 많은 주식을 보유하고 있는 사람이다.

방기준은 천천히 주위를 살피며 조심스럽게 오수경 앞자리에 앉았다.

"남의 이목이 많은 이런 데서 만나자고 하면 어떡해요?"

오수경이 못마땅하다는 듯이 톡 쏘았다.

"허허…… 이런 곳이 더 안전한 법이거늘. 그래, 서류들은 다 준비했어?"

어찌 보면 회장님 부인이어서 사모님이란 호칭을 써야 하는데 방기준 이사는 오수경에게 반말을 했다.

"당연하죠. 몇 년을 준비한 계획인데, 소홀하게 했겠어요? 그런 당신은? 얼마나 많은 이사들을 당신 편으로 끌어들였나요?"

오수경은 방기준에게 당신이란 호칭을 아무렇지도 않게 사용했다.

"현이 워낙 많은 주식을 갖고 있어서 힘들어. 죽은 미경이 주식 갖고는 어림없지. 허나 곧 과반을 넘을 수 있을 거야."

"그래요? 정말 오래 기다렸어요. 진즉에 끝날 일인데 그놈의 찬이 때문에."

"그래, 그랬어. 진즉에 끝나고 평탄한 대로를 달릴 수 있는 줄 알았는데. 믿었던 찬이 그 멍청이 때문에 일이 늦어졌어. 많이…… 아주 많이……"

방기준과 오수경은 과거를 회상하는 모습이다.

6년 전.

M그룹 회장 제갈민의 갑작스런 사망으로 차기 후계자였던 큰아들 제갈찬이 음주운전으로 절벽에서 떨어져 사망하여 M그룹의 대권은 자연스럽게 그 차남 제갈현에게 넘어갔다. 당시 제갈민은 큰아들 제

갈찬이 있음에도 모든 대권을 제갈현에게 주려고 했던 것으로 알려졌다. 제갈현에겐 현모양처로 소문난 제갈미경의 친모인 이지은이란 부인이 있었으나, 제갈미경이 열여섯 살 때 췌장암으로 사망했다.

그리고 3년이 지나 제갈현은 새로 장가를 갔는데, 상대는 지금의 오수경이다. 오수경의 신분은 호주의 한국인 교포의 딸로 명문대를 졸업하고 독신으로 살아온 것으로 알려졌다. 당시 제갈현에게 오수경을 추천한 사람이 바로 방기준 이사였다.

제갈현과 오수경의 결혼식이 있고 나서 얼마 후부터 제갈미경은 윤지수와 바꿔가며 생활한 것으로 밝혀졌다.

어둠이 깔리기 시작하는 저녁. 태경은 즐거운 마음으로 휘파람을 불며 길을 걷고 있었다. 태경이 걸어가는 앞에 점점 다가오는 거대한 건물. 63빌딩이다. 잠시 63빌딩을 올려다보던 태경은 빌딩 옆에 있는 3층짜리 레스토랑으로 들어갔다. K레스토랑.

제갈미경이 즐겨 찾던 곳이다. 방마다 칸이 만들어져 누가 어느 방에 있는지 알 수 없는 것이 이 레스토랑의 특징이다. 제갈미경이 늘 앉는 자리는 정해져 있다. 3층에서 한강이 훤히 내려다보이는 창가 311호 방이다.

"어서 오세요! 예약은 하셨나요?"

예쁜 아가씨가 공손히 인사하며 태경을 맞이했다.

"네! 311호요."

태경은 제갈미경이 오늘도 그 방에 있는 것이 당연할 것이라 생각하고 말했다.

"누가 그래 311호라고? 따라와!"

깊숙이 눌러쓴 야구모자 아래 검은 선글라스까지 쓴 여인이 태경 옆을 스치듯 지나가며 말했다.

"아! 알았어요."

태경은 얼른 그 여인을 따라갔다. 비록 변장은 했어도 그 여인이 제갈미경이 틀림없다는 것을 태경은 안다. 태경이 제갈미경을 따라간 곳은 309호실이다. 자신을 드러내지 않으려는 제갈미경의 생각을 읽고 태경은 자신이 311호를 말했던 것이 좀 성급했다는 것을 깨달았다.

"오랜만이지?"

제갈미경이 먼저 자리에 앉으며 태경을 올려다보고 방긋 웃는다. 영락없는 지수의 모습과 같다. 허나 자세히 보면 어딘지 모르게 포근한 느낌이 드는 여인이다.

"어떻게 된 거예요? 아까 그 아가씨는?"

"내 친구라니깐!"

"친구요? 그랬군요. 언젠가 사진을 본 기억이 있어서."

"그랬어?"

"아무튼 살아 있어서 고마워요. 감사해요."

태경이 미경이 앞에 앉으며 눈물을 글썽이며 말했다.

"왜? 영원한 보디가드가 지키지 못한 죄책감에?"

"그걸 말이라고 해요? 아가씨 없으면 제가 어떻게 살아요. 죽어서도 사모님을 어떻게 뵙고요."

태경이 사모님이라 칭한 것은 바로 이지은을 일컫는 말이다. 태경은 미경의 친모 지은을 만나보지 못했다. 태경이 제갈미경의 보디가드가 됐을 때는 이미 이지은은 오래전에 사망한 상태였기에.

"알았어! 알았으니 눈물 보이지 마. 남자가 울긴. 쯧쯧…… 뭐 먹을래? 파스타? 스파게티?"

"전 스파게티요. 아주 매운맛으로 시킬래요."

"알았어. 그럼 나도 스파게티."

미경은 방 벽에 걸린 수화기를 들고 주문을 했다.

"여기 309호실인데요. 매운 스파게티로 두 개요."

"아가씨도 매운 것 드시려고요? 잘 드시지도 않으면서."

"나도 요즘 내 속이 속이 아니야. 오글거려서 미치겠어."

"뭐가요?"

"오수경과 방 이사 말이야."

"네? 둘이 왜요?"

"뭐 사랑한다나 뭐라나. 방금 호텔에 들어갔어. 유람선 타고 밀회를 즐기더니 모자랐나봐."

"그 사실 아직 회장님께는 말씀 안 드렸죠?"

"응! 그래도 다 아시는 눈치야. 아픈 상처 내가 헤집는 꼴 같아서 말씀드리지 못했어."

미경과 태경은 이미 오래전부터 방 이사와 오수경이 그렇고 그런 사이란 것을 알고 있었다. 그리고 근래에 와서 제갈미경은 놀라운

사실을 한 가지 더 알아냈다. 바로 오수경의 신분에 관한 것이다.

"아가씨 요즘 어디서?"

"나야 집에 있지. 밤엔 지수와 오수경에게 귀신처럼 보이려고 노력 중이야. 호호……."

"그랬어요? 몰랐네."

태경은 쑥스러운 표정을 지었다. '그렇게 찾으려고 이리저리 다 돌아다녔는데. 진즉에 집을 방문했다면 더 쉽게 찾을 수 있었는데.' 하는 생각 때문이다.

"이젠 집에 들어갈 수도 없고 회사에도 못 들어가."

"왜요?"

"지수가 자수를 했잖아. 지수가 있어야 내가 지수인지 난지 헷갈리니까 돌아다녀도 괜찮았는데. 이젠 바로 발각되잖아."

"아하!"

"그래서 별도로 아지트를 하나 준비해뒀어. 이곳이야."

미경이 태경에게 쪽지를 하나 건넸다. 태경은 얼른 쪽지를 받아 펼쳐보았다.

도곡동 Y아파트 1117호. 201936. 쪽지에 쓰인 글이다.

"Y아파트라면?"

"그래! 첨단 경비 시스템이 잘 갖춰졌다는 그 아파트지."

"201936은?"

"현관 비밀번호잖아. 멍청아!"

"아! 네! 그럼?"

"그래! 보디가드가 같이 있어야지. 나는 자유롭게 돌아다니려고. 내 친구도 거기 있거든. 잘 지켜줄 거지?"

"알겠습니다."

태경은 기뻤다. 무엇보다 미경이 살아 있어서 좋고, 그런 미경이 자신을 믿고 같은 공간에서 생활하자고 해서 기뻤다.

"근데 진영을 보고 나로 착각해서 따라온 거야? 내 번호는 어찌 알았어? 진영이 가르쳐줬어?"

미경이 배시시 웃으며 물었다.

"네! 가르쳐주던데요. 요즘은 뭘 하고 있어요? 귀신놀이만 하는 건 아닐 테고……."

"내가 직접 수사를 하고 싶었어. 그래서 친구를 아르바이트로 보낸 것이고. 헌데 다른 수사팀이 있었어."

"다른 수사팀이라니요?"

"아마도 아빠가 오래전부터 비밀리에 수사를 의뢰했나봐. 그 수사팀에 친구와 뜻이 같았던 형사 한 분이 잡혀갔어. 그것도 같은 수사팀의 검사와 형사가 한통속이 돼서."

"엥? 한통속이라니요? 그럼! 아가씨의 친구가 있는 수사팀 검사도 허수아비 역할이란 말인가요?"

"그래! 괜히 수사를 하는 척 범인에게 드러난 허수아비 수사팀에 불과해. 본 팀은 비밀리에 움직이고. 거긴 범인에게 전시효과만 주는 그런 팀이었어."

"저런! 괜히 고생만 하셨군요?"

"아냐! 오히려 잘된 일이야. 할 일도 없는 수사팀이니 친구가 움직일 시간이 많아졌잖아. 벌써 한 건 올렸지."

"네? 뭔데요?"

"오수경 말이야."

"오수경이요?"

"그래! 그 여자의 진짜 신분이 늘 궁금했는데, 겨우 알아냈어."

"뭔데요?"

"바로 전설의 해결사 딱지."

"엥? 딱지라면 전과 8범. 살인청부업자 아니에요? 그림자도 안 남긴다는……."

"맞아! 오수경이 바로 딱지야."

"그럴 수가."

태경은 미경의 말을 듣고도 믿을 수 없었다.

"내가 아빠와 딱지를 늘 추격했거든. 근데…… 늘 오수경이 같은 장소에 있는 거야, 딱지랑. 해서 의심을 했는데. 오늘 비로소 알았어. 유람선에서 방 이사와 밀회를 하다가 갑자기 흥분을 못 참았는지 방 이사가 오수경에게 키스를 퍼부었는데, 그 상황에서 살짝 오수경의 가슴이 노출됐거든. 내 눈에 말이야. 그게 보이더라고. 사마귀 하나. 왼쪽 가슴에 마치 유두처럼 달린 사마귀 하나."

"그게? 그건 먼저 우리가 수사했던 딱지의 특징 중 하나잖아요?"

"그래! 맞아! 딱지의 특징 중 하나지."

"혹시 우연일지도."

"맞아! 해서 하나를 더 확인했지. 바로 딱지의 특징 두 번째."

"두 번째라면?"

"흥분하면 목이 빨개진다. 바로 키스를 할 때 목이 홍당무가 됐거든."

"음……! 그걸 지켜봤단 말이에요? 아가씨는 그런 장면 싫어하잖아요. 영화에 나오는 장면도 고개를 돌리시면서."

"딱지 같아서 속이 오글거려도 참았어. 그래서 지금 매운 것이 고파."

"아가씨!"

태경이 미경을 향해 엄지손가락을 세워 보였다.

주문한 음식이 들어왔다. 배가 고팠는지 태경과 미경은 열심히 음식을 먹기 시작했다.

"한 가지 부탁이 있어. 이런 사람을 하나 찾아봐. 찾아서 유민혁 검사에게 넘겨주고 내 친구에게 알려줘."

음식을 먹으며 미경이 태경에게 쪽지 하나를 건넸다.

"알았어요."

태경은 토를 달지 않았다. 미경이 시키는 일이라면 무슨 일이라도 했다.

밤.

오수경은 제갈현이 출장에서 돌아오지 않자 늦게 귀가했다. 집으로 들어가려니 밤마다 나타나는 귀신 때문에 두려움이 앞섰다. 오수경은 다시 어디론가 나가서 자고 싶었다. 그런 오수경의 마음을 아는지 모르는지 늦게까지 파출부 아주머니가 집을 지키고 있다가 오수경을 반갑게 맞이했다.

"어? 아주머니 아직 안 가셨어요?"

"네! 사모님 오시면 가려고요. 빈집을 그냥 나가려니 그래서……."

"아! 네! 수고하셨어요."

"네! 갈게요."

오수경은 나가는 파출부 아주머니를 문 앞까지 배웅하고 문을 굳게 닫아걸었다.

"호호…… 내가 귀신 나부랭이 때문에 이렇게 겁먹다니. 나 참!"

스스로 생각해도 어이가 없었다.

"호호…… 독한 마음먹고 오늘은 기필코 귀신이 나타나면 칼로 찔러주마."

오수경은 품에 날카로운 소도를 품고 잠을 청했다. 허나 그날 밤은 오수경이 기다리는 귀신은 나오지 않았다.

아침에 일어난 오수경은 뜻 모를 미소를 지었다.

"호호…… 내 이럴 줄 알았지. 지수 요년이 귀신놀이를 한 거야. 아직 상태가 완전하질 못하나봐. 혹시나 해서 귀신 앞에서 기절까지 했는데. 이게 뭐야. 지수였어? 그게? 호호…… 아무튼 다행이야. 지수가 귀신이라면 오히려 다행이지 뭐. 난 제갈현이 꾸민 일인 줄 알고 괜히 긴장했네."

오수경은 배시시 웃으며 외출 준비를 했다. 헌데 거실에서 갑자기 텔레비전이 켜졌다 꺼졌다 하고 에어컨도 전축도 제멋대로 작동됐다.

"헉!"

오수경은 깜짝 놀라다 말고 배시시 웃었다.

"이런! 이젠 이런 귀신놀이도 필요 없는데. 깜빡했네."

오수경은 자신이 설치했던 이중 전기선을 돌아다니며 제거하고 타이머 리모컨도 꺼버렸다. 지수를 놀려주려고 자신이 꾸민 귀신놀이다. 본 전기선을 잘라 쓸모없게 만들어 겉으로 내어놓고 그걸 뽑아도 쓸모없게 만들었다. 진짜 전기선은 비밀리에 전자제품 바닥으로 연결해놓았기 때문이다.

"호호호…… 이젠 이 모든 것이 내 것이 된다. 정정당당히 내가 M 그룹 회장이 되는 거야. 방기준! 너는 아느냐? 내가 누군지? 하찮은 네 애첩으로 알고 있느냐? 호호호……."

오수경은 두 팔을 벌리고 웃으며 거실을 한 바퀴 돌았다. 오수경은 한껏 들떠 있었다. 이젠 모든 것이 자신의 뜻대로 이루어질 것 같았다. 헌데 한창 기분이 들떠 있던 오수경에게 찬물을 뿌리는 하나의 물건이 눈에 들어왔다. 바로 거실 소파 위다.

"저……! 저건! 제갈미경의 핸드폰?"

그랬다. 평소 제갈미경이 가지고 다녔던 핸드폰이다. 오수경은 조심스럽게 소파로 다가가서 핸드폰을 주위들었다. 하얀색 스마트폰. 어떤 보안 장치도 설정돼 있지 않았다. 오수경은 스마트폰을 열어보았다. 모든 것이 다 삭제되고 달랑 파일에 동영상 하나가 남아 있었다. 오수경은 얼른 동영상 파일을 재생해보았다.

동영상 파일엔 두 여자가 있었다. 바로 제갈미경과 그녀의 친구 이초희였다. 이초희란 여자도 제갈미경과 같은 모습을 하고 있었다. 둘은 대화를 나누고 있었다.

"초희야! 왜? 네가 나로 변장을 하려고?"

"난 너희 가평 별장에 가보는 것이 소원이야. 부탁할게."

"가평 별장에? 그래서 성형 수술까지 하겠다고?"

"그래! 오늘이 3월 11일이니까 내일 수술 들어가면 4월엔 퇴원하겠지? 그럼 5월엔 가평 별장에 갈 수 있겠다."

"알았어! 친구 부탁인데 거절할 수는 없지. 그렇게 해."

그 대화를 끝으로 화면이 바뀌었다. 어느 묘지가 화면에 나타났다. 제갈미경의 묘지다. 멀쩡하던 묘지가 파헤쳐진 장면도 나오고, 다시 화면이 바뀌어 또 다른 묘지가 나왔다. 묘지 비석엔 '이초희'란 비석이 선명하게 보였다. 산 이름도 나왔다. 승학산. 그리고 동영상은 끝이 났다. 갑자기 오수경의 손이 부들부들 떨리기 시작했다. 자기도 모르게 핸드폰을 바닥에 떨어뜨렸다.

"이…… 이게 아니야! 뭔가 잘못됐어. 제갈미경이 죽은 게 아니라 이초희라니. 내가 직접 확인해야겠어."

오수경은 미친 듯이 옷을 챙겨 입고 집을 뛰쳐나갔다.

똑같은 상황이 여러 곳에서 재현되고 있었다. 방기준 이사 방에서도, 제갈진수의 집에서도, 배국환의 집에서도. 모두 같은 핸드폰과 동영상이 전달됐던 것이다.

"이제 기다리면 범인이 이곳으로 온다, 그 말씀인가?"

승학산 산허리에 몸을 숨긴 채 조 형사가 동료 형사에게 물었다.

"그럼요. 그런 동영상 파일을 봤는데 범인이라면 오지 않겠어요?"

"올 리가 없지. 누가 봐도 함정이란 것이 훤히 보이는데. 범인이 오겠어? 아니 모두 다 올지도 모르지. 일단 궁금하니깐."

"도대체 뭐라는 겁니까? 지수가 범인이 아닐 것 같다고 하신 분이 조 선배님이잖습니까?"

"그렇긴 해도 내 생각으론 딱지가 유력한 용의자로 보이는데. 수법도 그렇고. 완벽한 살해방법도 딱지 솜씨 같단 말이야."

"선배님도 딱지의 본 모습을 알지 못한다면서요?"

"그렇지. 하도 성형 수술을 자주 해서 본 모습은 딱지 본인조차 모를걸? 자신이 어떻게 생겼었는지. 20대에 주민등록증을 발급받을 때 찍은 사진을 보면 무척 미인이었는데. 아까워."

"네? 아깝다니요?"

"그 얼굴로 배우나 했으면 아마 스타가 됐을 텐데. 하필이면 살인청부업자라니."

"전과 8범이라면서요? 그런 여자를 왜 내보냈는지 아무튼 법이 엉터리예요."

"이런 사람하고는. 법을 집행하는 자 입에서 나오는 소리하고는. 법이 엉터리가 아니라 그 여자가 똑똑한 거야. 분명히 살인을 여덟 번 하긴 했는데, 모두 절도죄로 들어갔다 나왔거든. 해서 그녀의 전과는 절도죄 여덟 번이 전부야. 살인을 하고 스스로 절도죄로 잡혀서 들어간 것으로 생각하지. 수사망을 피하기 가장 쉬운 곳으로 말이야. 하나 꼬리가 길면 밟히는 법. 딱지가 살인청부업자라는 것을 겨우 밝혀냈는데, 하필이면 그녀가 여덟 번째 형기를 마치고 출소를 한 바로 다음날이었어. 급히 교도소로 달려갔으나 그녀는 사라진 뒤였지. 그 후 그녀의 모습은 어디에도 없었어. 헌데 말이야. 바로 제갈현이 딱지와 접촉한다고 누군가 알려줬지. 해서 제갈미경을 죽게 만든 것이 제갈현이 아닐까 생각도 했는데. 다시 방기준이 딱지와 접촉한다고 누가 알려주더군."

"누가요? 방기준이라면 M그룹 이사 아닙니까?"

"그런 사람이 있네. 허허……."

조 형사는 진영의 모습을 떠올렸다. 중부경찰서에서 조사를 받다가 화장실을 가는데 우연히 복도에서 마주친 진영은 조 형사에게 연락처를 남겼다. 아무도 모르는 전혀 노출되지 않은 전화번호를. 해서 조 형사가 진영과 연락을 할 수 있었다. 진영은 수시로 딱지에 대하여 조 형사에게 알려줬다.

"이번에 방기준에게도 동영상을 보내지 않았습니까?"

"보냈지. 아마 오지 않을 거야. 그 능구렁이가 여길 오겠어?"

"그럼 누가 올까요? 제갈진수? 아니면 배국환? 아니면 오수경?"

"어쩌면 다 안 올 수도 있고, 제갈진수와 오수경은 올지도 모르지."

"어째서요?"

"엄마니까 올 수밖에 없었다, 오빠니깐 올 수밖에 없지 않느냐고 핑계를 댈 수 있으니까. 연행하려 해도 전혀 반항하지 않고 순순히 따라갈 거야. 하지만 배국환도 방기준도 오지 않을 거야. 그들은 제 갈진수나 오수경보다 똑똑하거든. 하하……."

"무슨 말이에요? 그렇다면 진짜 범인은 그 둘 중에 있단 말인가요?"

"아니! 네 명 모두가 범인 같아."

"지수가 모든 걸 자백했는데, 그래도 지수는 범인이 아니라 하시는 것은 무슨 단서가 있으신 거죠?"

"누가 알려주더군. 지수는 마치 최면에 걸린 것 같다고. 하지도 않은 일을 마치 자기가 한 것처럼 환상 속에서 자백하는 것 같더라고."

"누가요? 그 민혁이란 검사 말씀이죠? 거짓말 탐지기까지 동원했다던데?"

"응? 그래! 그래! 하하하……."

조 형사는 웃고 말았다. 사실 그런 정보를 전해준 것은 진영이었다. 그리고 그 최면술사는 노인이라고 했다. 지수가 노인의 목소리가 들린다고 했던 이야기를 그대로 조 형사에게 전해준 것이다.

"쉿!"

갑자기 이초희의 무덤을 바라보던 조 형사가 손가락으로 입을 막으며 조용히 하라는 신호를 보냈다. 이초희 무덤 가까이 산길에 택시가 한 대 도착하고 있었다. 아마 남의 이목을 생각해서 자신의 승용차는 타지 않고 택시로 이동한 것 같았다.

택시에서 내린 사람은 둘이었다. 조 형사의 예상대로 오수경과 제갈진수가 나란히 택시에서 내렸다.

"허……! 선배님 예상대로인데요?"

"그냥 보내줘."

"네? 무슨 말이에요? 지금까지 잠복한 이유가 체포하려고 한 것 아닌가요?"

"무슨 죄목으로? 지금까지 잠복한 이유는 따로 있어. 그냥 보내. 모두 숨소리도 내지 말고 기다리라고 해."

"알 수 없네요. 선배님 의견을 존중해서 동영상도 보내고 했지만, 이건 아닌 것 같습니다."

"기다려봐! 누군가 우리가 기다리는 사람이 나타날 거야."

조 형사 생각은 다른 데 있었다. 저들은 이미 동영상을 보냈으니 당연히 알고 올 것이고, 동영상을 보내지 않았는데 나타나는 사람이 진짜 유력한 용의자라고 생각했다. 해서 제3의 인물을 기다리고 있었다. 허나 이 수사팀의 팀장은 조 형사가 아니었다. 모두 자신의 지시를 따른다고 생각한 조 형사가 오판을 했다. 이미 잠복했던 형사들이 오수경과 제갈진수를 연행하려고 달려가는 모습이 보였다.

"젠장! 내 실수다."

조 형사는 뒤늦게 자신의 실수를 깨달았다. 조 형사는 어이없다는 표정으로 몸을 일으켜 천천히 걸었다. 이미 먼저 달려간 형사들은 제갈진수와 오수경을 차로 연행하기 시작했다. 조 형사의 예상대로 오수경과 제갈진수는 전혀 반항하지 않고 연행에 응했다. 조 형사는 당연하다고 생각했다. 엄마가 자기 딸이 살아 있다는데 그 사실을 확인하러 오지 않겠는가? 오빠도 마찬가지다. 비록 친엄마, 친오빠는 아니지만 당연히 와야 할 자리에 온 것이다. 뭐가 잘못 됐단 말인가? 괜히 함정을 파고 무릎 아프게 숨어서 기다리기만 했던 것이다. 모든 것이 허사였다. 제3의 인물. 동영상을 받아본 네 명 중 범인과 연관이 있는 사람이 있다면 분명히 동영상 이야기를 전했을 것이고, 그걸 확인하러 오는 제3의 인물을 알아내려던 조 형사의 작전은 실패로 돌아갔다. 허나 산을 막 내려오던 조 형사에게 전화 한 통이 걸려왔다. 바로 진영이었다.

"네!"

조 형사는 조심스럽게 전화를 받았다.

"뭐라고요?"

전화를 받으며 조 형사는 급격히 놀라는 표정이었다. 그리고 전화를 끊은 조 형사의 발걸음은 무척 가벼워보였다. 얼굴에 화색이 돌았다. 진영이 조 형사를 기분 좋게 만들 중요한 정보를 전해준 것이 분명했다.

저승에서
온
미녀

제7장

오리무중

초저녁이다. 한강 둔치에 두 사람이 서 있었다. 오랜만에 만나는 조 형사와 진영이다.

"그럼, 누군가 지수에게 최면을 걸어 죽이지도 않은 제갈미경을 자신이 죽인 것처럼 생각하게 만들었다 이겁니까?"

조 형사가 진영에게 물었다.

"네! 거짓말 탐지기는 지수의 진술을 진실로 받아들이는데, 그건 어디까지나 기계니까요. 제가 보기엔 지수가 진술할 때 눈의 초점이 흔들리고, 아련한 몽상에 취해 있는 그런 눈이었습니다. 해서 '무슨 소리가 들리세요?' 하고 물었더니 노인 목소리를 이야기하더라고요. 해서 아는 사람에게 노인을 찾아달라고 부탁했어요."

"노인이라……! 허면? 그 노인이 최면술사?"

"네! 그래요! 하지만 전과자나 수사기록엔 없는 새로운 인물일 가능성이 높아요."

"그건 왜죠?"

"그런 일을 꾸미는 범인은 아주 똑똑하거든요. 특히 전문가처럼. 그러니 전과자나 수사기록에 남아 있는 최면술 전문가를 쓰지는 않았을 겁니다. 썼다 해도 이미 입을 막았을 가능성이 높고요. 허니 조 형사님께선 요 근래에 사망한 노인. 특히 최면술에 관한 노인들 사망 사건이 있었는지 그걸 찾아주시죠."

"알았어요! 하하…… 진영 양을 보면 정말 탐정 같아요. 추리도 잘하시고. 정말 놀랐어요."

조 형사는 진심으로 하는 말이다.

"탐정놀이를 많이 하면서 놀았거든요."

진영이 입가에 미소를 지으며 말했다.

"남들 눈이 있으니 오늘은 이만."

조 형사가 주위를 두리번거리며 말했다.

"네! 저도 아직 알아보는 사람이 있어서 가야 돼요."

"알아보는 사람이라면?"

"네! 의심은 가는데 정체를 모르겠어요. 해서 정체를 알아내려고 노력 중이에요. 그럼……."

진영이 먼저 돌아서서 걸어가기 시작했다.

"조심해요."

조 형사는 진심으로 진영의 안위를 걱정해서 하는 말이다.

"네! 연락드릴게요."

진영이 고개를 돌리지도 않고 손을 흔들어 보이며 천천히 멀어져 갔다.

오수경은 편안한 자세로 침대에 누워 있었다. 잠을 청하려 해도 전혀 잠이 오지 않았다. 더욱 두 눈이 멀뚱멀뚱해지며 제갈미성만 생각났다.

"살아 있단 말이지? 죽은 것이 초희라고? 그럼 살아서 밤에 귀신 노릇을 했단 말이야? 지수가 아니라 미경이 귀신 장난을? 나에게 복수하려고? 아니면 지수에게 복수하려고? 누가 죽었는지도 모르니 그걸 알아내려고? 허면 또 나타날까?"

오수경은 손에 꼭 쥐고 있는 날카로운 칼을 이불 속에서 조금 꺼내 슬쩍 보았다.

"나타나기만 해봐라. 이걸로 죽여주마."

오수경은 이빨을 뿌드득 갈았다.

헌데 시뻘건 손이 하나 오수경의 목을 감싸기 시작했다. 슬금슬금 오수경의 목을 어루만지던 시뻘건 손은 천천히 오수경의 목을 조이기 시작했다. 서서히 공포가 밀려오던 오수경. 이를 악물고 이불 속에 감춰뒀던 날카로운 칼을 움켜쥔 손을 잽싸게 꺼내 그 시뻘건 손을 향해 사정없이 찔렀다.

악!

외마디 비명이 터졌다.

오수경의 비명이다. 날카로운 칼은 자신의 목을 스쳐 피를 흘리게 만들었을 뿐 시뻘건 손은 연기처럼 사라지고 없었다.

"윽! 이런…… 환상인가? 아니면 정말 귀신인가?"

오수경의 눈은 서서히 공포에 젖어들고, 급기야 졸도하고 말았다. 목에선 피가 조금씩 흐르는데……. 휘잉~ 찬바람만 창문 사이로 들어올 뿐 귀신은 어디에도 없었다.

"젠장! 내가 헛것을 보았나? 미경이 고년이 나타날 줄 알았는데. 정말 귀신인가?"

한참 시간이 지나서 졸도했던 오수경이 슬그머니 눈을 뜨며 중얼거렸다. 졸도한 척하며 제갈미경이 나타나기를 기다린 것이다. 오수경은 침대에서 일어났다. 주위를 두리번거리며 다시 확인한 오수경은 아무것도 없다는 것을 확인하고 주방으로 향했다. 목이 말랐던 것이다. 헌데…… 오수경이 방금 누워 있던 침대 밑에서 작은 움직임이 보이더니 제갈미경이 나왔다. 제갈미경은 발소리를 죽여 가며 옆방으로 사라졌다.

"칼을 품고 자는 줄 알았지. 큭…… 웃겨. 살인청부업자 딱지가 그렇게 맘이 약해서야. 후후…… 그동안은 졸도한 척했지만 앞으로는 정말 졸도해야 할걸."

옆방으로 들어온 제갈미경이 하얗게 웃고 있었다.

"헌데……!? 어떤 멍청이가 초희와 나의 동영상을 퍼뜨렸지?"

제갈미경은 고개를 갸웃했다. 진영이 파트너로 생각하는 조 형사가 바로 그 멍청이란 사실을 모르는 모양이다.

"딱지의 정체를 확실히 캐내려던 나의 귀신놀이도 신중을 기해야 할 것이다. 그 어떤 멍청이 때문에……."

제갈미경이 다시 하얗게 웃고 있었다. 제갈미경의 하얀 미소는 어둠속으로 차츰 묻혀갔다.

배국환과 박하나.

그들은 비밀리에 서울 중심가에 와 있었다. 멀리 여의도가 바라보이는 마포의 높은 고층 아파트. 벽면 전체가 통유리로 돼 있어서 마치 높은 곳에 서 있는 느낌이 드는 창가.

　배국환과 박하나는 푹신한 소파에 몸을 묻고 있었고, 그 앞에는 건장한 청년 네 명이 공손히 서 있었다.

　"너희들은 모두 다섯 명으로 알고 있는데, 여자가 한 명 있다고?"

　배국환이 의아한 표정으로 물었다.

　"네! 처음엔 그랬으나 이젠 네 명뿐입니다."

　왼쪽에 있던 청년 하나가 대답했다.

　"이유는?"

　"이유까지 말씀드릴 필요는 없는 것으로 압니다."

　청년은 몹시 불쾌하다는 표정이 역력했다.

　"그래! 난 의뢰인이고, 너흰 받은 의뢰만 완수하면 되니깐. 더 이상 서로를 알면 이로울 것이 없지."

　"그렇습니다! 저흰 받은 의뢰는 반드시 완수합니다."

　"그래! 이제 너희들이 움직일 때가 되었다. 제갈미경의 허수아비 윤지수를 스스로 자수하게 만든 딱지의 계략은 훌륭했다. 허나……! 그건 우리가 바라던 것이 아니다. 우리가 바라던 것은 딱지의 정체가 드러나고, 방 이사와 딱지가 같이 잡혀 들어가는 것이었다. 헌데 그 계획이 어긋나고 말았다. 이제 너희들이 움직여줘야 할 것 같다. 먼저 동주와 웅군. 둘은 윤지수의 입을 막아라! 미리 손은 써놨으니 같은 교도소로 들어갈 수 있을 것이다. 그곳에서 지수를 처리해라!

그리고 나머지는 오수경이 딱지란 사실을 모두에게 알리고, 그 증거들을 전해줘라. 방 이사가 딱지와 육체관계를 맺는 장면을 인터넷에 공개하고, 제갈진수가 오수경의 하수인이었다는 사실 역시 인터넷을 통해 모두에게 알려라! 그리고 마지막으로 만약을 위해 고 영감도 입을 막아버려라."

배국환이 청년들에게 명령을 내리듯 말했다.

"또 있어요. 이초희가 제갈미경 대신 죽었다고 하니 분명히 어딘가에 제갈미경이 숨어 있을 수도 있으니 반드시 찾아내서 죽이세요. 방 이사와 오수경 그리고 제갈진수, 제갈미경까지. 모두 처리해야 M그룹이 우리 미래의 회장님께 고스란히 돌아온다는 것을 잊지 마세요."

박하나가 배국환의 가슴을 손으로 만지며 청년들에게 내린 명이다.

"명을 받습니다!"

청년들은 일제히 소리치며 고개를 숙였다.

"노파심에서 하는 말이지만, 만약 너희들 정체가 탄로 나고 체포되거나 적에게 잡혀도 너희와 난 서로 모르는 사이란 것을 명심해라!"

배국환이 말했다.

"네! 명심하겠습니다. 그것이 의뢰인과 저희 관계가 아니겠습니까?"

청년들은 또다시 일제히 대답하며 고개를 숙였다.

"나가보세요."

박하나가 말했다. 청년들은 일제히 움직여 배국환과 박하나 앞에서 사라졌다.

"호호…… 전설의 보스라는 그 여인은 저들과 헤어진 모양이군. 끌어내리던 계획에 차질이 생겼네."

"호호…… 다행으로 알아요. 그가 있다면 이렇게 쉽게 걸러들겠어요? 혼자서도 킬러들 몇십 명은 쉽게 상대한다는 그가?"

"하하…… 그런가? 다행이라 해야 하나?"

배국환과 박하나는 뭔가 잘 풀리지 않는 표정들이다.

"좋은 아침이에요."

진영이 출근하며 미리 나와 있던 김 형사에게 인사하는 말이다.

"좋은 아침이지. 좋은 아침은. 하하……."

"뭐가 그리 좋으십니까?"

민혁이 사무실로 들어서며 김 형사의 말끝에 물었다.

"어서 오세요!? 검사님! 드디어 F가 움직인다는 보고입니다."

김 형사가 엉덩이를 살짝 들고 일어서는 흉내를 내며 인사를 하며 말했다.

"오! 그래요?"

민혁이 반가운 표정이다.

"F는 또 뭐예요?"

진영이 물었다.

"에프킬러도 몰라?"

김 형사가 장난스럽게 묻는다.

"네? 에프킬러요? 그럼 그 F가 킬러란 이야긴가요?"

진영이 두 눈을 반짝이며 물었다.

"오호! 우리 시보께서 눈치는 백단이시군! 그래요. 바로 그거예요. 전설의 딱지보다 한 단계 위라는 다섯 명의 킬러들이 있어요. 바로 F. 그들을 그렇게 불러요."

"그렇다면? 그들이 노리는 것은?"

진영이 물었다.

"아마도 윤지수와 살아 있다는 제갈미경이 아닐까요?"

이번엔 민혁이 말했다.

"윤지수와 미경……. 그럼 어떡하죠?"

"어떡하긴요. 잡아야죠. 그러기 위해 우리가 있는 게 아니겠어요?"

김 형사가 이미 손을 써놓은 모양이다. 민혁은 그냥 미소만 짓고 있는 모습이 이미 모든 준비를 했다는 증거다. 하지만 진영은 안심할 수 없었다.

"오늘 전 뭘 해요?"

다 알면서 은근슬쩍 물었다.

"뭘 하긴요? 사무실에서 낮잠이나 자면 되지요."

김 형사가 당연하다는 투로 말한다. 별로 할 일이 없다는 거다.

"그럼, 저 어디 좀 다녀와도 될까요?"

진영이 김 형사의 대답을 기다렸다는 듯이 물었다.

"어딜 다녀오려고요?"

김 형사가 별로 관심 없다는 투로 물었다.

"아는 언니가 아기를 낳았다 해서 가보려고요."

"아! 그럼 얼른 다녀와요. 천천히 와도 되니까. 얼른 가요."

김 형사는 마치 귀찮은 파리 쫓듯 진영을 내보내려 한다. 민혁도 그런 김 형사의 생각에 동조하는 태도다.

"그럼! 다녀올게요."

진영은 핸드백을 들고 일어나 인사를 했다. 김 형사도 민혁도 마치 귀찮다는 듯 어서 나가라는 손짓만 했다. 진영은 그래도 다시 고개를 숙여 인사하고 사무실을 나갔다.

1시간 후.

진영은 청량리 발 완행열차에 있었다. 진영의 옆에는 장태경이 앉아 있었다.

"그 녀석은 내가 있어야 한다고요. 진영 씨 혼자는 위험한 녀석이라고요. 그런데 무슨 일로 그 녀석을 만나러 가세요?"

태경의 물음에 진영은 그냥 미소만 지을 뿐이다.

"아가씨 부탁이 있어서 진영 씨 보디가드를 해드리지만, 전 그 녀석 상대가 아니라고요."

태경의 말에 진영은 또 빙긋 미소만 지었다.

오수경은 화장대 앞에서 열심히 치장하고 있었다.

콧노래를 흥얼거리며 무척 즐거운 표정으로 속눈썹 마스카라를 하고 있었다.

"호호…… 오늘 출장에서 돌아오는 시간이 오후 6시라 했으니 그

전에 얼른 그이를 만나고 와야지."

오수경의 속셈은 바로 그것이었다. 제갈현이 돌아오기 전에 얼른 방 이사를 만나 다시 한 번 뜨거운 관계를 갖고 오려는 것이다. 물론 제갈현이 있다고 해서 못할 오수경은 아니지만, 마음 편하게 그 짓을 하려면 충분한 시간도 필요했고, 제갈현이 없는 지금이 가장 좋은 때라 생각했다.

마스카라를 하기 위해 잠깐 눈을 감았던 오수경.

"으악!"

오수경의 입에서 비명이 터졌다. 무엇인가 따끔한 느낌이 있어 눈을 뜬 오수경의 눈에 거울에 비친 귀신 모습이 들어왔다. 틀림없는 제갈미경이다. 하얀 소복을 입고, 머리를 치렁치렁 늘어뜨리고, 입가에 피까지 줄줄 흘리는 모습이다. 물론 그런 귀신 때문에 오수경이 비명을 지른 것은 아니다. 날카로운 바늘 하나가 바로 오수경의 눈에 깊이 박혔기 때문이다. 오수경은 얼른 정신을 수습하고 품에서 비수를 꺼내 뒤로 돌아서며 제갈미경을 찔렀다.

"헉! 으으……."

오수경은 믿을 수 없는 광경에 온몸을 부들부들 떨었다. 분명히 거울 속에는 소복을 입고 머리를 늘어뜨린 귀신 모습의 제갈미경이 하얗게 웃고 있는데, 자신의 뒤엔 아무것도 없었다. 얼른 고개를 돌려 보면 분명히 거울 손엔 제갈미경이 하얗게 웃으며 자신을 바라보고 있었다. 다시 비수를 휘두르며 고개를 돌려보면 자신의 뒤엔 제갈미경이 없는 것이 아닌가.

특히 눈에 박힌 날카로운 바늘 때문에 오수경은 고통이 더했다.

"으으…… 정말 귀신인가! 귀신."

오수경은 다시 고개를 돌려 거울을 바라보았다.

"헉! 귀…… 귀신!"

그랬다. 거울 속 제갈미경은 다시 사라지고 그냥 그대로 거울 모습 뿐이었다.

"으으…… 정말 귀신이었나? 귀신? 으으…… 으악! 귀신. 꼬르륵."

오수경은 지금까진 거짓으로 졸도한 척했으나 이번엔 정말 졸도하고 말았다.

스르륵.

조금 시간이 지나서 벽면이 갈라지며 그 속에서 제갈미경이 나타났다.

"내가 그랬지? 넌 진짜로 기절할 거라고. 이런…… 많이 아팠구나?"

제갈미경은 오수경의 눈에 박혔던 바늘을 천천히 뽑았다. 기절한 상태에서도 고통스러운지 온몸을 부르르 떠는 오수경.

"다행히 눈가에 박혀서 그나마 실명은 면했지? 이젠 화장대 앞엔 앉기도 싫을걸. 어디 볼까?"

제갈미경은 오수경의 앞섬을 내리고 가슴에 있는 사마귀를 확인했다.

"철저히 모습을 바꾼 딱지. 이 사마귀도 없애지 그랬니? 그럼 정말 찾기 힘들었을 텐데."

제갈미경은 핸드폰을 꺼내 사마귀와 오수경의 모습을 같이 찍었다.

"그래도 날 고맙게 생각해라. 내일이면 스타가 되게 해준 은인이
될 터이니."

제갈미경은 오수경을 내려다보며 하얗게 웃고 다시 벽 속으로 사
라졌다. 벽은 원 상태로 다시 닫혔다. 그리고 제갈미경이 사라진 직
후, 화장대 거울 속에서 변화가 있었다. 거울 속이 움직이는가 싶더
니 거울 속이 옆으로 밀려나고 또 다른 거울이 나타나며 그 속에서
제갈미경이 하얗게 웃고는 다시 거울 속이 옆으로 닫히고 원상태로
바뀌었다.

진영과 태경은 개울물이 흐르는 좁은 시골 길을 걷고 있었다.

개울에서 족대로 고기를 잡는 아이들이 보였다. 그곳에 다 큰 청
년도 하나 있었다. 진영의 눈이 반짝 빛났다. 태경 역시 그 청년을
발견하고 무척 반가운 표정을 지었다.

"저 녀석입니다. 제가 보디가드 역할을 하고 처음으로 패배한 녀석
입니다. 가서 데려올까요?"

태경의 물음에 진영은 고개만 끄떡거렸다. 태경은 얼른 그 청년에
게 달려갔다. 청년은 바로 정태였다. 지수의 보디가드 역을 자청했던
지수의 친구 정태. Y대학 유도부 주장이었고, 태권도 국가대표는 물
론 격투기까지 고단자인 태경이 처음으로 싸워서 진 정태. 그는 타고
난 싸움꾼이라고 태경은 말했다. 헌데 그런 정태를 진영은 왜 만나
러 왔을까?

"야! 너 여기가 어디라고 발을 들여놔? 죽을래?"

정태가 태경을 노려보며 당장이라도 싸울 태세다.

"우리 아가씨께서 너에게 부탁이 있대."

태경이 뒷걸음질 치며 말했다.

"아가씨? 아가씨라니?"

정태가 금방이라도 달려들 기세를 잠시 누그러뜨리며 묻는다.

"아! 검사실에서 아르바이트하는 아가씨인데. 너에게 데려다 달라고 해서 모셔왔어."

태경이 진영을 가리키며 말했다.

"검사실? 그 멍청이가 있는?"

"그래! 유민혁 그 멍청이 밑에서 있는 아가씨야."

"무슨 할 말이 있대?"

"몰라 직접 들어봐."

"알았어! 우선 그 부탁이란 것부터 들어보고. 넌 이따가 패줄 터이니 꼼짝 말고 기다려."

마치 큰 인심이나 쓰는 척하며 정태가 진영에게 혼자 걸어갔다. 막 태경이 따라가려는데 진영이 그만 멈추라는 손 신호를 보냈다. 태경은 어쩔 수 없이 뒤로 물러났다.

"무슨 부탁이요?"

정태는 몹시 거들먹거리는 태도로 거만하게 진영의 앞에 서서 물었다.

"지수를 보호해줘요. 그걸 부탁하려고요."

진영이 작은 목소리로 말했다.

"지수요?"

정태가 화들짝 놀라는 표정으로 관심을 보이며 물었다.

"네! 그래요. 지금 우리나라에서 가장 사람을 잘 죽이는 킬러들이 지수를 죽이려고 해요."

"지수는 교도소에 있다고 들었는데요?"

"그래요! 지수는 교도소에 있는데, 그 교도소에 킬러들이 위장하고 들어갔어요. 지수를 죽이려고요."

"지수를 왜요? 누가 지수를?"

"제갈미경을 죽인 범인이 시켰어요. 지수의 입을 막으라고."

"지수 입을요? 무슨?"

"지수가 범인이라고 자수했지만 지수는 범인이 아니에요. 다만 최면술에 걸려 자신이 범행을 저지른 것으로 착각하는 것뿐이에요. 하지만 곧 그 최면에서 깨어나요. 그럼 자신이 범인이 아니라고 할 것을 우려해서 입을 막으려는 것이지요. 허니 정태 씨가 교도소로 들어가 지수를 꼭 지켜주세요. 그럴 수 있죠?"

"저야 뭐. 지수의 보디가드니 당연히 그래야죠. 우리 지수가 위험하다는데, 머뭇거릴 시간이 어디 있어요. 어떡하면 지수 곁으로 갈 수 있죠?"

정태는 몹시 서둘렀다. 그만큼 정태는 지수를 좋아했다.

"이미 손을 써놨으니 내일 서울 성내동에서 맘에 들지 않는 사람 하나를 골라 실컷 두들겨 패세요. 착한 사람은 말고요. 사람들을 괴롭히거나 물건을 훔치거나 못된 짓을 하는 사람을요."

"그럼 되나요?"

"네! 그러면 지수 곁으로 보내질 거예요. 부탁해요."

진영이 공손히 고개까지 숙이며 부탁했다.

"아! 그러지 마세요. 지수 소식을 갖고 오신 것만 해도 저에겐 고마운 일이지요. 제가 오히려 고맙다고 인사를 드려야 하는데……. 정말 고맙습니다."

정태가 공손히 인사하며 말했다.

"그럼 서둘러 가요."

진영이 말했다.

"네! 잠깐만 기다리세요. 옷 갈아입고 나올게요."

정태가 얼른 개울가에 있는 조그만 집으로 뛰어 들어갔다.

"저 녀석이! 왜 지수 씨 집으로 들어가는 거야?"

태경이 꽥 하고 소리를 질렀다.

"마! 임시로 내가 관리하고 있는 거다. 왜?"

정태가 대꾸하며 집 안으로 사라졌다.

서부지검 1021호.

유민혁은 책상에 두 다리를 올리고 소파에 몸을 묻은 채 낮잠을 즐기고 있었다.

"저런…… 저렇게 표시를 내면 우리가 허수아비 수사팀인 걸 적에게 광고하는 것인데."

김 형사가 유민혁을 바라보며 못마땅한 투로 중얼거렸다.

"왜요? 누가 들어오기라도 한답니까?"

아직 잠이 들지는 않은 모양이다. 잠을 자는 그 모습 그대로 대꾸하는 유민혁.

"그러다가 시보라도 들어오면 어쩌시려고?"

김 형사가 시큰둥한 어투로 말했다.

"시보 아가씨는 아직 양평에 있어요. 여기 오려면 오후 5시가 다 돼야 겨우 올까말까."

유민혁이 잠든 그 모습 그대로 대꾸한다.

"그걸 어떻게?"

"아! 시보 아가씨가 조금 수상해서 사람을 붙였어요. 제갈미경의 보디가드라는 장태경과 같이 동행했다고 하더군요. 윤지수 친구 민정태를 만난다고."

"시보가 왜 수상해요? 어떤 점이?"

"호주에 있다는 부모님도 찾을 수 없고, H법대에 들어갈 때 그녀는 G여고를 졸업한 것으로 나와 있더군요. G여고 2학년 때 호주에서 편입학한 것으로 돼 있는데. 문제는…… 그녀가 다녔다는 호주 W학교에는 그녀에 관한 어떤 자료도 찾을 수 없었거든요. 오래돼서 유실된 것인지 아니면 누군가 그녀의 신분을 교묘히 위장한 것인지."

"허! 겨우 시보 아가씨 하나 때문에 그렇게까지 조사했다고요?"

김 형사는 어이가 없다는 말투다. 수사도 허수아비로 적을 속이기 위한 가짜 수사팀인데, 그런 사무실에 할 일도 없이 앉아 있는 아르바이트 학생 하나를 그렇게까지 의심해서 조사를 해야겠느냐는 불만이다.

"우리 어머니께선 며느리에 관해선 철저히 조사를 하시거든요."

"네? 그럼? 검사님께서 시보 아가씨를 좋아하신단 말씀이세요?"

"네! 조금은…… 해서 조사를 했는데, 조금 수상해서 지켜보는 중입니다."

"허! 검사님은 윤지수를 좋아하시는 걸로 아는데…… 자주 바뀝니다."

"맞아요! 윤지수. 그녀를 잊지 못하고 있었지요. 내 마음을 많이 흔들어놓은 여자거든요. 처음 만나면서부터…… 헌데 김진영. 그녀의 눈이 지수 씨와 너무도 닮았어요."

드디어 유민혁이 잠자던 자세를 일으키며 눈을 떴다.

"사실 화장을 안 해서 그렇지 잘 가꿔놓으면 제갈미경보다 더 미인이죠. 시보가."

김 형사가 말했다.

"그…… 그렇죠?"

민혁이 반색하며 물었다.

"그럼요. 시보 아가씨는 화장을 안 하고 늘 생얼로 있으니 그렇죠. 제갈미경이나 윤지수처럼 화장하면 아마 훨씬 예쁠 겁니다."

"저도 그렇게 생각해요. 해서……."

"너무 심각하게 생각하지 마세요. 누구나 다 사연은 있잖아요. 좀 더 가까이 다가가서 한 번 물어보세요. 그럼 사실을 알 수 있지 않을까요?"

"정말 그럴까요?"

"네! 그럼요. 법대에서도 성적이 상위권이라 들었어요. 머리도 좋은 아가씨잖아요. 꽉 잡으세요. 결혼식에 저도 초대하시는 것 잊지 마시구요. 하하……."

"헌데! 왜 민정태를 만나러 갔을까요? 설마 정태를 좋아하는 건……!"

"아닐 겁니다. 무슨 볼일이 있거나 아마 지수 문제를 물으러 간 것 아닐까요? 시보는 정태와 전혀 모르는 사이로 알고 있습니다."

"볼일이라면? 무슨 볼일일까요?"

"글쎄요……."

김 형사는 고개를 갸웃했다.

그때 사무실 전화가 울렸다. 김 형사가 얼른 받았다.

"네? 뭐라고요? 딱지라고요?"

전화를 받는 김 형사 목소리는 무척 흥분해 있었다.

"무슨 일입니까?"

민혁이 수화기를 내려놓는 김 형사에게 물었다.

"전설의 딱지를 잡을 것 같습니다."

김 형사가 흥분이 가라앉지 않은 목소리로 말했다.

"딱지라고요? 그 여자 얼굴까지 바꾸고 사라진 것으로 아는데. 어떻게요?"

"오수경이라고 아시지 않습니까?"

"네? 제갈현의 처? 오수경 말입니까?"

"네! 현재 자신의 집에서 졸도해서 누워 있다는군요. 인터넷에 그녀가 딱지란 사실이 쫙 퍼졌는데 뭘 꾸물거리시냐고 하는데요."

"네? 누가요?"

"몰라요. 어떤 여자 목소리인데."

"인터넷! 인터넷. 아니 우선 오수경부터 잡으러 갑시다."

민혁이 무척 서두르고 있었다. 햇병아리 검사로서 전설의 딱지를 잡았다면 그야말로 단번에 스타 검사가 된다는 것을 누구보다 민혁은 잘 알고 있었다. 해서 서둘러 딱지를 잡으려고 출발을 서둘렀다. 김 형사와 민혁은 사무실을 서둘러 뛰쳐나갔다.

"으으……."

오수경은 고통 속에서 겨우 정신을 차리고 있었다. 바늘에 찔린 눈이 퉁퉁 부어 무척 아팠기 때문이다.

"으으……!?"

오수경은 눈을 뜨다 말고 자신의 몸이 자유롭지 않다는 것을 느끼고 어리둥절했다. 자세히 눈을 뜨고 보니 포승줄에 꽁꽁 묶여 있는 것이 아닌가.

"이게 어찌된……!?"

오수경은 고개를 들어 주위를 살폈다.

"전설의 살인청부업자 딱지!"

눈앞에 털보 형사 하나가 하얀 이빨을 드러내고 자신을 바라보며 웃고 있는 모습이 들어왔다.

"무슨……!? 그게 무슨 말이에요? 누가 날 이렇게 묶었어요? 빨리 풀어주지 않으면 당신을 고발하겠어요."

오수경은 사태를 직감하고 악을 쓰기 시작했다. 아직 자신이 딱지란 사실을 모를 것이라 생각하며 넘겨 짚어본 것이리라 생각했다.

"딱지! 이제 그만 항복하시지! 이미 네가 딱지란 증거를 확보했으니까."

털보 형사가 징그럽게 웃었다.

"딱지라니? 증거라니? 무슨 개소리냐?"

오수경은 끝까지 버틸 속셈이었다.

"네가 얼굴은 바꿨어도 세 가지 증거를 남겼다. 우선 네 가슴에 있는 사마귀 하나. 그건 딱지의 가슴과 동일하지."

"뭐? 웃기지 마라. 가슴에 사마귀야 누구나 있을 수 있지. 내 가슴에 사마귀가 있다고 내가 딱지라 우기는 건 어불성설이다."

"그래? 또 하나. 네 눈에 상처가 나면서 네가 눈동자마저 성형했다는 것이 드러났다. 딱지의 날카로운 눈동자를 감추려고 눈까지 성형한 네 모습. 어찌 설명할까? 국내에서 그런 수술을 한 것 같지는 않고 어디서 했나? 중국? 미국? 러시아?"

"무슨 개소리냐? 누가 수술을 해?"

오수경은 바락바락 소리를 질렀다.

"마지막 세 번째. 이건 아주 정확하지. 네 유전자를 검사했거든. 네가 교도소에 있을 때 채취해놓은 유전자를 대조했는데, 아주 정확하게 맞아떨어지더군. 어때? 딱지. 아직도 발뺌할 수 있다고 생각해?"

털보 형사의 질문에 오수경은 넋을 놓고 털썩 주저앉았다.

"호호호…… 그래! 내가 그 딱지다. 호호호……."

오수경은 갑자기 미친 듯 웃기 시작했다.

"대단하다, 대단해. 호호호…… 누구냐? 내 정체를 밝혀낸 자가 누구야?"

미친 듯 웃던 오수경이 갑자기 웃음을 뚝 그치고 털보 형사에게 물었다.

"몰라! 어떤 여자의 신고를 받고 출동했으니까."

털보 형사는 솔직히 대답했다.

"어떤 여자……? 제갈미경? 그래 호호호…… 제갈미경. 너였구나. 내가 어리석었다. 호호…… 제갈미경이 너였다니. 네가 제갈미경으로 변장하고 있었을 줄이야. 호호…… 그걸 몰랐으니 내가 이렇게 당한 것도 당연한 결과지. 호호호……."

오수경이 비통하게 울부짖고 있었다.

"무슨 말이냐? 제갈미경으로 누가 변장했다는 거야?"

어디서 나타났는지 조 형사가 오수경 앞에 서서 묻고 있었다.

"무슨 개소리냐? 내가 너희들에게 왜 그런 것까지 가르쳐줘야 해? 형사라면서? 스스로 알아봐라. 흐흐흐……."

오수경은 비웃음을 남기고 더 이상 말하기 싫다는 듯 두 눈을 감고 말았다.

제갈진수와 손미래.

둘은 급히 오수경의 집으로 들어갔다. 이미 오수경이 경찰들에게 잡혀간 바로 직후였다.

"얼른 어머님과 방 이사, 우리 관계를 입증할 서류들을 없애야 돼."

제갈진수가 급하게 서두르며 말했다.

"얼른 찾아서 가져가요. 비록 인터넷에 퍼졌다지만, 증거가 없으면 우릴 어쩌지는 못해요."

손미래도 급히 서둘렀다. 둘은 집안 구석구석 열심히 찾기 시작했다.

민혁과 김 형사는 부푼 가슴을 안고 오수경의 집에 들이닥쳤다. 허나 이미 한발 늦은 상태다.

"이런! 이미 다른 팀에서 데려간 모양입니다."

김 형사가 어수선하게 흐트러진 텅 빈 집안을 보며 말했다.

"젠장!"

민혁은 아쉽다는 듯 발로 애꿎은 소파를 걷어찼다. 민혁은 오수경의 방으로 들어가 보았다. 그냥 가기엔 뭔가 아쉬워 그냥 한번 들어가 본 것뿐인데. 민혁의 눈에 묘한 것이 들어왔다. 벽면이 조금 벌어진 것이다.

"벽에 비밀 공간이 있다."

민혁은 그걸 파악하고 얼른 벽을 손으로 밀어보았다. 손쉽게 벽이 열렸다. 민혁은 안으로 들어갔다. 안엔 커다란 거울이 있었는데, 그 앞에 있는 창을 열자 벽면 안의 거울이 오수경의 화장대 거울처럼 보이도록 비치되어 있었다.

"음! 이건 뭐에 쓰는 물건이지."

민혁은 별로 관심을 갖지 않고 다시 다른 곳을 살펴보았다. 조그만 책상 위에 노트 하나가 눈에 띄었다. 민혁은 노트를 들고 펼쳐보았다. 마치 민혁이 이곳에 오길 기다렸다는 듯이 노트에는 이렇게 쓰여 있었다.

"유민혁 검사님.

제갈미경입니다. 한 가지 부탁을 드리려고 오시라 했습니다. 오수경은 이미 수사팀에서 잡아갔습니다. 제갈진수와 손미래 역시 자신들과 오수경과의 관계에 관한 증거물은 모조리 소각 시켰고요. 허니 그 일은 다른 수사팀에 맡기시고 배국환과 하나를 잘 살펴보세요. 그들이 곧 이곳에 나타날 겁니다. 허니 같이 오신 형사님과 이곳에 꼭꼭 숨어 오늘밤만 기다리세요. 그럼 중요한 것을 알 수 있을 겁니다. 꼭 명심하세요. 반드시 몸을 숨기고 모습을 들켜서는 안 된다는 것을. 그리고 먼젓번에 윤지수와 제갈미경을 구분할 수 있는 방법을 알려드렸는데. 왜 못 보셨나요? 제갈미경은 성형수술을 안 했거든요. 그게 증거예요."

"젠장! 성형수술을 안했다. 그걸 몰랐군!"

민혁은 얼른 노트에 쓰인 글을 누구도 못 보게 뜯어서 입에 넣고 질근질근 씹어 삼켰다.

"김 형사님!"

민혁은 김 형사를 급히 불러 벽 속에 같이 몸을 숨겼다.

그리고 그날 오후.

정태는 묘하게도 성내동에 도착하자마자 소매치기를 발견해서 붙잡아 화풀이라도 하듯 실컷 두들겨 팼다. 경찰이 곧 출동했고, 정태도 같이 연행됐다.

같은 시각. 김포공항에는 제갈현이 내리고 있었다. 제갈현이 많은 수행원과 함께 공항을 빠져나오고 있을 때 핸드폰으로 전화가 걸려왔다.

"오! 나의 딸."

전화를 받는 제갈현은 무척 즐거운 표정이었다.

"아빠! 오늘은 호텔에서 주무시죠."

"응? 왜?"

"유민혁에게 선물 하나 주려고요."

"녀석! 민혁 검사를 좋아하니?"

"아이……"

"허! 알았다! 알았어!"

제갈현은 전화를 끊고 싱글벙글 웃고 있었다.

"S호텔로 가세."

그렇게 제갈현은 집으로 들어가지 않고 호텔로 향하고 있었다.

밤이 돼서야 태경은 진영과 함께 도곡동 Y아파트에 도착했다.

"먼저 들어가세요. 마실 것 좀 사가지고 갈게요."

태경은 목이 말랐다. 해서 진영부터 들어가게 하고 자신은 근처 편의점으로 향했다. 진영은 말없이 아파트로 들어갔다. 진영이 막 아파트 입구로 들어가는 것을 본 태경은 급히 핸드폰을 꺼냈다. 진영이 혹시 제갈미경이 아닐까? 자꾸만 언젠가 본 그 사진 속 여자가 마음에 걸렸다. 그래서 핸드폰으로 전화를 걸었는데, 제갈미경이 전화를 받았다. 헌데…… 진영은 그냥 아파트로 들어가는 모습 그대로이며, 전혀 전화를 받지 않고 있었는데…… 전화를 받은 제갈미경.

"여보세요? 아가씨? 마시고 싶은 것 있으세요?"

태경은 전화로 질문하면서도 진영의 뒷모습에 자꾸만 눈길이 갔다. 분명히 진영은 전화를 받지 않고 그대로 아파트 현관으로 들어가 버렸던 것이다.

"응! 시원한 맥주나 하나 사다줘."

분명히 핸드폰으로 들리는 목소리는 제갈미경의 목소리다.

"저 김진영이란 아가씨는 정말 아가씨의 친구인가?"

태경은 혹시나 자신이 사진으로 본 진영이 제갈미경이며, 제갈미경으로 있는 여자가 가짜가 아닌지 의심했지만, 태경이 알고 있는 제갈미경이 아니었다.

태경은 혼란스러운 정신을 겨우 수습하며 맥주를 사 들고 편의점을 나왔다.

"그럼! 김진영과 제갈미경, 둘 중 진짜 아가씨는 누구지? 내가 착각했던 것인가?"

고개를 갸웃하며 태경이 어슬렁어슬렁 걸어서 천천히 아파트 엘리베이터를 탔다. 막 문을 닫으려는데 야구 모자를 깊숙이 눌러쓰고 마스크를 쓴 여자가 얼른 엘리베이터에 들어왔다. 문을 닫고 막 올라가는 엘리베이터 안에서 그녀가 조용한 음성으로 말했다.

"맥주는 사왔어?"

제갈미경이었다. 태경은 얼른 그녀의 얼굴을 봤다. 분명히 제갈미경이다.

"아가씨! 저 진영이란 아가씨는?"

태경이 궁금한 것부터 물었다.

"내가 나 대신 보디가드 좀 해달라고 부탁한 아가씨잖아. 뭘 묻는 거야? 나와의 관계? 그냥 친구라고 했잖아? 또 궁금한 것은?"

제갈미경이 묘한 미소를 지으며 태경을 바라본다. 태경은 할 말을 잃었다. 그냥 바라보기만 해도 좋은 그녀. 그렇게 보기만 해도 태경은 마냥 좋았다. 이 순간만은 김진영 그녀가 누군지 궁금하지 않았다. 아니, 벌써 그녀에 대한 모든 걸 잊었다.

깊은 밤.

민혁은 좁은 공간에 숨어 숨소리마저 감추려고 노력했다. 핸드폰 시계를 보니 벌써 새벽 3시가 넘어 있었다.

"배고프지 않으세요?"

민혁은 나이 많은 김 형사가 걱정이 돼서 작은 소리로 물었다.

"배는 고프지 않은데. 언제까지 기다려야 하나요?"

"피곤하시면 주무세요. 코만 골지 않으면 될 것 같은데……!?"

말을 하던 민혁이 갑자기 귀를 쫑긋했다.

"누군가 들어왔어요."

김 형사가 작은 소리로 말했다.

"네! 알고 있어요."

민혁은 귀를 벽 쪽으로 바싹 갖다 댔다.

덜컹.

오수경의 방문이 열리는 소리가 들리더니 누군가 들어오는 소리가 들렸다.

"호호…… 이 밤에 우리가 여기 올 거라곤 아무도 모를 거다. 얼른 찾아. 방 이사와 오수경이 윤지수에게서 뺏은 주식과 재산 양도각서를 찾아서 우리 것으로 만들어야 돼. 제갈미경의 인감과 함께 이 방 비밀 공간에 숨겨뒀을 거야."

남자 목소리다.

"배국환입니다."

민혁이 김 형사에게 말했다.

"네! 박하나와 같이 온 것이 틀림없습니다."

김 형사도 작은 소리로 말했다.

"자기야! 대부분 비밀 금고는 벽에 걸린 액자 뒤에 있잖아. 여기 이렇게. 호호……"

박하나가 금방 찾은 모양이다.

"오! 그래! 역시 나의 파트너야."

배국환이 감탄하는 말투다.

"열쇠는?"

"물론 열쇠야 미리 빼냈지. 지수 그년한테서. 하하⋯⋯."

배국환이 열쇠로 금고를 여는 소리가 들렸다.

"오! 여기 있다. 제갈미경의 인감과 함께 양도각서까지. 하하⋯⋯."

"웃고 있을 시간이 어디 있어? 얼른 가야지."

박하나의 걱정스러운 목소리다.

"뭘 걱정해. 이제 F들도 우리 뜻대로 움직일 텐데?"

"그래도⋯⋯."

"알았어! 조용히 나가자."

그 말을 끝으로 밖은 조용했다.

"음⋯⋯! 이게 어찌된 겁니까? 그럼 F들을 저들이 고용한 겁니까? 오수경은 제갈미경의 재산을 노리고 들어온 딱지고?"

"그러게 말입니다. 갈수록 오리무중이네요. 이번 사건은. 그렇다면 도대체 누가 제갈미경의 식구들을 죽인 걸까요? 오수경? 아니면 저들 배국환? 아니면 제갈진수? 방 이사? 뭐 하나 밝혀진 것은 없고, 갈수록 첩첩산중에 오리무중이란 말이 맞네요. 휴우⋯⋯."

민혁이 한숨을 내쉰다.

"오리무중이라니요? 전 잘 풀리고 있는 느낌인데요."

김 형사가 말했다.

저승에서
온
미녀

제8장

제갈미경

"나를 믿지?"

"그럼요! 아가씨를 믿지 못하면 누굴 믿어요."

"그럼 부탁할게. 김진영 그녀를 나처럼 잘 보호해줘. 끝까지 목숨 걸고. 부탁할게."

"알았어요. 약속할게요. 그리고 전에 찾으라고 한 사람 찾았어요."

"누구? 그 노인?"

"네! 강화에 숨어 있는 최면술사 노인을 찾아서 데려왔어요."

"지금 어디 있어?"

"유민혁 검사에게 넘기고 왔어요."

"그래? 잘했어! 고마워."

제갈미경이 태경의 어깨를 손바닥으로 토닥거리며 말했다.

"헤…… 전 아가씨만 곁에 있으면 돼요."

태경은 제갈미경과 함께 아파트로 들어가며 말했다. 제갈미경과 함께 쓰는 아파트엔 방이 세 개다. 현관을 통해야 들어갈 수 있는 긴 복도를 따라 차례로 방이 세 개 나란히 있었다. 그 첫 번째 방은 태경이 쓰고 그다음 방은 제갈미경이 쓰는 방이다. 가장 안쪽 방에 김진영 그녀가 있었다. 도대체 김진영 그녀가 누구이기에 제갈미경까

지 그녀를 보호하듯 그녀를 가장 안쪽 거처에 기거하도록 하는 것일
까? 태경은 자꾸 의문이 갔다. 허나 그가 가장 좋아하는 아가씨 제
갈미경의 부탁이기에 이유를 묻지 않고 매일 김진영 그녀를 따라다
니며 보디가드 역할을 하기로 마음먹었다.

  정태는 바로 안양교도소로 이송되기 시작했다. 정태와 지수는 같
은 차량에 함께 탑승하여 이송되고 있었다. 지수를 태운 버스는 경
찰의 보호를 받으며 천천히 움직였다.
  진영도 자신의 승용차를 몰고 멀리서 지수를 이송 중인 버스를 뒤
따르고 있었다. 물론 태경도 진영을 바싹 뒤따라 승용차를 몰고 있
었다.

  유민혁은 태경이 찾아 데려온 노인을 취조하고 있었다.
  "그래! 윤지수에게 왜 최면을 걸었고 누가 시켰나요?"
  "손미래입니다."
  "손미래? 제갈진수의 애인?"
  "네! 그렇습니다. 윤지수에게 마치 자기가 제갈미경을 죽인 것처럼
생각하게 만들어 달라고 부탁해서 최면을 걸었습니다."
  "제갈진수도 옆에 있었나요?"
  "아니요. 같이 있던 사람은 오수경입니다."
  "뭐요? 오수경이라면…… 제갈현의 부인?"
  "네! 그렇습니다."

"이게 무슨 말이야? 그러니깐 전설의 살인청부업자 딱지 오수경이 손미래와 같은 편이라 이겁니까?"

"오래전 이야깁니다만, 킬러들이라 부르는 일곱 명이 있었습니다. 아십니까?"

노인은 유민혁을 힐끗 보며 물었다. 마치 모르지 않느냐는 표정으로.

"네! 모릅니다. 킬러라면 살인청부업자란 말입니까?"

"아니요. 사기꾼들입니다. 물론 목적을 위해선 살인도 많이 하는 걸로 압니다. 검사님은 아직 어리시니 모를 겁니다. 그들은 신출귀몰해서 흔적을 남기지 않았는데, 유일하게 오수경으로 변신한 딱지만 정체가 늘 탄로나 모두에게 알려졌습니다. 나이도 가장 많으면서 가장 허술했죠. 하지만 나머지 여섯 명은 아직도 정체가 드러나지 않았습니다. 그중 하나가 바로 손미래입니다. 들리는 소문에 의하면 손영혼과 조은희도 모두 폭력배인데 그사이에서 태어난 손미래가 장학생이다 모범생으로 알려진 것은 그만큼 철저히 자신을 숨겼다고 할 수 있습니다. 네 명의 남자와 세 명의 여자라 했는데, 제가 아는 둘은 그 두 여자뿐입니다. 잠깐 손미래를 최면으로 바라본 결과 알게 된 사실입니다."

"최면으로요? 어떻게요?"

"하하…… 우리 최면술사들은 의뢰인이 누군지 알아야 자신의 생명도 지킬 수 있으니 장난하는 척하며 손미래의 마음을 읽어봤다고나 할까요."

"오! 그래요? 일곱 명의 킬러 중 여자가 세 명인데, 그중 둘이 오수경과 손미래? 다른 자들에 대해서는 알 수 없다, 이거로군요?"

"전설의 킬러라는 여자가 있는데, 진짜 킬러는 그 여자 혼자고 나머진 다 사기꾼에 지나지 않는다. 이건 전설로 전해진 이야깁니다."

"전설의 킬러? 그 여자가 그리 무섭나요?"

"물론입니다. 현재 킬러라고 하는 남자들 네 명의 보스가 그녀입니다."

"음……! 들은 것 같습니다. 다른 것은 알아낸 게 없습니까?"

"단지……."

"단지 뭡니까?"

"남자 둘의 이름만 손미래의 마음을 읽으며 겨우 알아냈습니다. 동주 그리고 응군이라는 것까지만 알아냈습니다."

"동주, 응군. 사기꾼들이라면서 싸움도 잘하나요?"

"이건 들리는 소문인데, 딱지도 그렇고 손미래도 제가 본 바로는 싸움은 별로 못하는 걸로 알려졌습니다. 다만 그 보스 여자만 무섭다고……."

"오! 그래요? 그럼 박하나네. 배국환의 애인 박하나가 바로 그 문제의 우두머리 여자네."

유민혁이 자신의 추리가 맞지 않느냐는 표정으로 노인을 바라보았다.

"글쎄요. 아직 박하나가 누군지 몰라서……. 또 하나. 딱지와 손미래는 나머지 다섯 명과는 어울리지 않고 독단적으로 행동하는 듯 보였습니다."

"아마 제 생각이 맞을 겁니다. 박하나와 배국환이 킬러들을 움직였거든요."

"네? 정말 그랬습니까?"

"네! 그래요. 그리고 또 그건 무슨 말입니까? 손미래의 마음으로 두 남자의 이름을 알아냈다면서요? 동주, 웅군. 그 둘은 같은 편이 아니라 하시는 것은?"

"아! 알고는 있으나 두려워하는 존재로 기억하더군요. 허니 같은 편은 아닌 것이죠."

"음……."

유민혁이 고개를 갸웃한다.

지수를 태운 호송차량은 막 안양으로 들어섰다. 바로 그 순간, 펑 소리와 함께 도로에서 승합차 한 대가 갑자기 불길이 솟아올랐다.

차량들이 급정거를 하며 어수선한 도로 위. 마스크를 한 두 명이 호송차에 올라 경찰들을 제압하고 차량을 탈취해서 달아나기 시작했다. 순식간에 벌어진 일이다. 진영도 호송차량을 뒤따르기 시작했다. 그 뒤를 태경과 몇몇 차량이 뒤따랐다.

호송차엔 제압되어 쓰러진 경찰들과 운전을 하는 괴한, 그리고 또 하나의 괴한은 비수를 손에 들고 지수를 향해 다가왔다. 지수의 생명을 차량에서 제거하려는 것이다.

정태가 거짓으로 묶였던 포승줄을 풀고 괴한을 막아섰다.

"멈춰라! 넌 내가 상대하겠다."

정태가 막아서자 괴한은 가소롭다는 듯 정태를 향해 비수를 휘두른다. 하지만 정태도 호락호락하지는 않았다. 막상막하의 싸움 속에 호송차량은 한적한 시골길로 접어들고 있었다.

호송차를 뒤따르던 승용차들이 막 좁은 건물 사이를 통과하고 경찰 차량이 진입하려는 순간 갑자기 굴삭기 하나가 골목에서 튀어나오며 좁은 길을 막아버렸다. 경찰 차량에서 경찰들이 내려 굴삭기를 치우라고 호통 치는 사이에 호송차량은 이미 경찰들 시야에서 사라지고 말았다.

덜컹덜컹.

콘크리트로 된 시골길 언덕을 넘어 한참을 더 달린 호송차량은 어느 공장 건물 마당으로 들어섰다. 마당 한가운데에 정차한 호송차량에선 운전을 하던 괴한까지 합세해서 두 괴한이 함께 정태를 공격하자 정태는 지수를 보호하며 버스에서 뛰어내렸다.

호송차량을 뒤따라온 무리 중 가장 먼저 도착한 진영이 승용차로 지수와 괴한들 사이를 막아섰다. 헌데 괴한들도 정태를 공격하던 행동을 멈추고 뒤로 물러나고 있었다. 철커덩 소리를 내며 공장 철문이 닫힌 것은 바로 그때였다. 이미 많은 차량들이 호송차를 따라 공장 안으로 들어온 상태다.

우르르.

어디서 나타났는지 많은 무리가 손에 칼과 각목을 들고 호송차를 뒤따라온 차량들을 에워쌌다.

"으하하……."

무기를 들고 있는 무리 가운데서 호방한 웃음과 함께 나타난 사림이 있었다. 방기준 이사다. 그 뒤를 따라 제갈진수 그리고 손미래가 나타났다. 진영은 차에서 내려 지수를 보호하며 뒤로 물러섰다. 그 앞에 정태와 태경이 섰다.

"으하하…… 오늘 작전은 오로지 제갈미경 너를 끌어내기 위함이 었다."

방기준이 통쾌하다는 듯 웃으며 진영을 바라본다.

"……!?"

정태도 태경도 의아한 표정으로 진영을 바라보았다.

"제갈현! 당신도 왔구려."

뒤쪽에 있던 검은 승용차를 바라보며 방기준이 말했다. 검은 승용차 문이 열렸다. 그리고 제갈현이 내렸다. 제갈현 옆에는 제갈미경도 같이 내려섰다.

"하하…… 그 가짜 딸은 아직도 옆에 끼고 다니시는군? 그럼 모두가 속을 줄 알았소?"

방기준이 제갈미경과 진영을 번갈아보며 제갈현에게 묻는다. 제갈현은 그냥 입가에 미소만 지을 뿐이다.

"모두 죽여라!"

방기준이 무기를 든 사람들에게 명령을 내렸다.

"방 이사! 잠깐만!"

제갈현이 입을 열었다.

"뭐요?"

방기준이 무기를 든 사람들의 행동을 손으로 저지하며 묻는다.

"아무리 당신이 최악의 상황에 처했다 해도 이건 아닌 것 같습니다. 이게 무슨 짓입니까? 이런 짓을 하면 당신은 무사할 거라 생각합니까?"

제갈현이 차분하게 말했다.

"그러니까 왜 나를 궁지에 몰고 있습니까? 치졸하게 인터넷에 퍼뜨리기나 하고. 내 정체가 다 밝혀진 지금 뭘 망설이겠소? 당신을 죽이는 수밖에."

"나를 죽인다고 당신이 원하는 것을 얻을 수 있다고 생각하시오?"

"난 이제 그런 것 필요 없소. 오로지 그댈 죽이고 싶을 뿐."

"그럼 하나만 묻겠소."

제갈현이 말했다.

"무엇이오?"

"그대가 나의 아버님과 형님 그리고 내 아내를 죽인 것이오?"

"뭐요? 내가 왜? 내가 왜 그런 짓을?"

"그럼! 그대 옆에 있는 7대 킬러 중 하나인 손미래가?"

이번엔 제갈현이 손미래를 바라보며 묻는다.

"뭐예요? 난 그런 짓 안 해요."

자신의 정체를 알고 있다는 것에 조금 놀란 표정을 짓던 손미래가 발끈했다.

"그럼 멍청한 킬러로 소문난 오수경이겠군?"

"그녀도 아니오. 우린 모르는 일이오."

"그래! 그렇소. 그대들은 아니오. 그런데 왜 이렇게 흥분들 하시오?

내 재산을 탐내려다 실패해서?"

제갈현이 입가에 미소를 지으며 묻는다.

"으으…… 그렇소! 해서 당신과 당신 딸을 죽일 것이오. 자! 모두 죽여라!"

방 이사가 한발 뒤로 물러나며 외쳤다. 무기를 든 사람들이 우르르 제갈현과 제갈미경 그리고 진영에게 달려들었다.

제갈현의 보디가드들이 무기를 든 사람들의 공격을 막으며 뒤로 차츰 물러나기 시작했다. 조금 시간이 지나자 지수와 진영을 보호하던 정태와 태경은 이미 한계에 다다른 듯 온몸이 상처투성이다. 차츰 위기에 몰리자 손미래가 진영을 노려보며 다가왔다. 손미래의 손엔 비수가 들려 있었다. 방기준과 제갈진수가 진영을 보며 비웃음을 흘린다.

"흐흐…… 제갈미경. 네가 다른 사람으로 숨어 있다고 못 찾을 줄 알았느냐?"

손미래가 비수를 휘두르며 진영을 공격했다. 그녀의 공격은 무척 날카로웠다. 진영의 위기.

"악!"

갑자기 손미래가 비명을 지르며 자신의 손목을 움켜쥐었다. 손미래의 손목에서 피가 줄줄 흘렀다. 손미래는 자신의 손목을 움켜쥐고 인상을 찌푸리며 앞을 노려보았다. 바로 진영의 앞에 방금 전까지만 해도 지수를 죽이려고 호송차량을 탈취했던 두 괴한이 자신을 노려보며 손에 비수를 들고 서 있었다.

"동주 오라버니! 응군 너까지? 왜? 나를?"

손미래가 도저히 믿을 수 없다는 표정으로 물었다.

"우린 여기 이 아가씨를 지켜야 할 의무가 있다."

괴한 중 한 사람이 단호한 어투로 말했다.

"왜? 그년을?"

손미래가 믿을 수 없다는 투로 다시 물었다.

"이미 오래전에 의뢰를 받았다. 우리 다섯 형제들은……"

"다섯 형제들? 그렇다면?"

무척 놀란 듯 온몸을 부르르 떨던 손미래가 힐끗 제갈현 옆에 있는 제갈미경을 바라보았다.

"그…… 그랬어! 그랬던 거야. 그랬던 걸 몰랐어."

손미래가 온몸을 부르르 떨며 주춤주춤 뒤로 물러나더니 훌쩍 담을 넘어 도망치고 말았다.

"자기야! 어딜 가? 왜 그래?"

뒤늦게 제갈진수가 손미래를 따라 담을 넘어 쫓아가고, 어리둥절한 방 이사는 곧 들이닥친 경찰들에 의해 체포되고 말았다. 그런데 호송차량을 탈취해서 이곳으로 온 문제의 두 괴한은 어수선한 틈에 어디론가 사라지고 보이지 않았다.

진영은 혼자 승용차에 올라탔다. 방 이사와 무기를 든 무리를 연행하던 조 형사가 진영을 향해 손을 흔들었다. 진영도 손을 흔들며 어수선한 공장 마당을 벗어났다.

"아가씨! 그게 무슨 말이에요?"

정태와 태경은 제갈미경에게 조금 전 방 이사가 하던 말을 생각하며 물었다. 왜 방 이사와 손미래가 진영을 제갈미경이라 하느냐는 질문이다.

"뭘? 무슨 말을 했어? 누가?"

제갈미경이 무슨 말을 묻는지 모르겠다는 표정이다.

"아까 방 이사와 손미래가 진영 씨를 보고 아가씨라 하던데 그게 무슨 말이에요? 아니죠? 우리가 잘못 들은 거죠?"

태경이 다시 물었다.

"무슨 말이야? 태경은 나의 보디가드 아니었어? 정태 씨는 지수 보디가드고?"

"네!"

"네! 맞아요."

태경과 정태가 차례로 대답했다.

"그럼 됐지, 이름이 뭐 그리 중요해? 그냥 못들은 척해. 응?"

제갈미경이 정태와 태경에게 말했다.

"아! 네! 알았어요."

"네! 그리죠 뭐."

태경과 정태가 다시 차례로 대답했다.

"태경은 어서 진영 씨를 따라가야지. 혼자 가면 위험해."

제갈미경이 태경을 보며 서두르라는 눈짓을 보냈다.

"아! 참! 알았어요."

태경이 얼른 멀어져가는 진영의 차를 보고 얼른 자신의 승용차로 달려가 차를 몰고 진영의 뒤를 따르기 시작했다.

"그대도 얼른 가보세요."

뜻밖에도 제갈현이 제갈미경을 향해 존칭을 썼다.

"네! 그럼 뒤따라오세요."

제갈미경이 살짝 인사하고 제갈현의 보디가드들이 타고 왔던 승용차에 올라탔다.

"초희야! 같이 가!"

지수가 달려가며 제갈미경을 부르는데, 초희라니? 제갈미경이 초희란 말인가?

"그래! 지수야 같이 가자!"

제갈미경이 환한 미소를 지으며 지수를 기다리다가 지수가 승용차에 올라타자 출발했다.

"뭐가 어찌된 일인지…… 헷갈리네."

민혁이 고개를 갸웃하며 제갈현을 쳐다보았다.

"허허…… 내 차에 타게. 가면서 이야기해주지."

제갈현이 민혁과 정태를 자신의 승용차에 타라고 손짓했다. 정태는 고개를 갸웃하며 제갈현의 승용차에 올라탔다.

달리는 승용차 안.

제갈현은 민혁과 정태에게 지난 이야기를 시작하고 있었다.

어느 새벽. 높은 몽우리에서 있었던 그 이야기부터.

"이 나라에 7인의 킬러 F라 부르는 자들이 존재했다. 허나 그중 오수경, 손미래는 킬러라기 보단 사기꾼에 가까웠다. 나머지 네 남자. 그들은 바로 자네와 비슷한 싸움 능력을 가지고 있었다. 동주, 웅군 그리고 고덕, 빈아. 이렇게 부르는 네 남자의 실질적인 우두머리가 바로 단 하나뿐인 여자, 바로 내 딸 행세를 한 그 사람이다. 이름도 모른다. 절대 자신의 얼굴을 드러내지 않는다 하여 다들 허상 속의 인물이라고들 했던 그 여자. 난 우연한 기회에 그들을 만났다. 해서 의뢰를 했지."

"지금부터 그대들이 내 딸을 지켜주시오."

태양빛 때문에 얼굴이 잘 보이지 않는 의뢰인. 바로 제갈현. 그 앞에는 다섯 사람이 서 있었다. 네 남자와 한 여자. 서 있는 것부터 모두에게 호위를 받는 듯 가운데 서 있는 여자. 헌데…… 밝은 햇빛을 받고 서 있던 그 여인은 다름 아닌 바로 제갈미경. 지수와 같은 얼굴을 한 바로 그 여인이다.

"한 사람당 1억씩 매달 5억씩 지급하세요."

그 여자의 요구였다. 허나 그 여자는 목소리까지 남에게 들키지 않으려는 듯 모든 것은 빈아라는 남자가 대신 말했다.

"대신 실패할 경우 대가를 치러야 할 거요."

"우리 목숨이 필요하다면 얼마든지. 단, 조건이 있소. 의뢰인의 딸 역을 지금부터 우리의 보스가 대신할 것이오. 이름은 이초희. 의뢰인의 딸 친구 역까지 1인 2역을 할 것이오."

"해서 그때부터 그 여자는 나의 딸 제갈미경으로 살았다. 그리고 나의 딸은 호주에서 편입학한 진영이라는 학생으로 살아갔다. 이는 나의 아버님과 나의 형님 그리고 내 아내까지 철저히 자연사로 위장 살해한 범인의 손에서 나의 딸을 지켜주기 위함이었다. 가평 별장에서 나의 딸을 죽음으로 위장까지 하며 꼬리를 드러내지 않는 범인을 수사팀과 함께 유인했다."

제갈현이 지난 일을 회상하듯 차량 천장에 눈길을 주며 말했다.

"그렇다면 진영 씨가 진짜 제갈미경? 회장님 따님이란 말씀이세요?"

"허허…… 그렇다네."

"그럴 수가! 따님을 보호하려고 그런 묘수를 생각하셨군요? 허면 범인을 유인하는 데는 성공 하셨나요?"

"곧 모습을 드러낼 것이네. 30년 가까이 내 친자식처럼 키워온 아들 녀석이네."

"네? 그렇다면? 조금 전에 있던 제갈진수는 아니고. 배국환?"

"허! 자네도 그 아일 아는가?"

"지수가 제갈미경을 대신해서 살아간다고 해서 관심을 갖고 알아봤지요."

"그랬군! 허나 그건 어디까지나 껍데기에 불과하네. 하하……."

"껍데기라니요?"

"가보면 아네. 아마도 곧 나타날 테지."

"나타난다고요? 배국환이?"

"저길 보게."

갑자기 제갈현이 손으로 앞에 달리는 진영의 승용차를 가리켰다.

"어! 저저……!"

민혁과 정태가 당황해서 소리쳤다. 진영의 승용차를 오토바이 두 대가 양쪽에서 운행을 방해하며 방향을 어느 한 곳으로 유도하기 시작했다. 차량 한 대가 겨우 지나갈 수 있는 일방통행도로. 그곳으로 진영의 승용차를 오토바이가 유도하고 있었다. 그리고 그 앞에 커다란 컨테이너를 실은 화물차가 서 있었는데, 컨테이너 뒷문이 위에서 아래로 열리며 진영의 승용차를 컨테이너 속으로 들어가도록 유도하고 있었다. 진영의 승용차가 컨테이너 속으로 들어가자 컨테이너 뒷문은 재빠르게 올라가 닫히고 화물차량은 무서운 속도로 달아나기 시작했다. 그리고 곧바로 좁은 일방통행도로의 좌측 골목에서 트레일러 하나가 나타나 길을 가로막았다. 제갈미경과 지수를 태운 승용차는 물론 제갈현의 차량도 멈출 수밖에 없었다. 그사이에 진영의 승용차를 삼킨 화물차는 행방을 감추었다.

"어찌된 일입니까?"

뒤따라온 조 형사가 제갈현에게 물었다.

"밤색 컨테이너를 실은 화물차요. 급히 위치를 추적해주시오."

제갈현이 안절부절못하며 조 형사에게 부탁했다.

"알았습니다!"

조 형사는 급히 핸드폰으로 전화를 걸었다.

"조필두입니다. 밤색 컨테이너를 실은 화물차가 과천 근교에서 제갈미경을 납치했습니다. 위치를 추적해주십시오."

"잠시 기다리십시오."

핸드폰 속에서 전화를 받는 남자 목소리가 들렸다. 잠시 시간이 지나자 다시 목소리가 들렸다.

"현재 과천 지역에서 이동 중인 밤색 컨테이너를 실은 화물차량은 모두 31대로 나타났습니다. 모두 추적할까요?"

"뭐요? 31대? 이런……! 할 수 없지. 모두 추적 좀 부탁합니다."

"알겠습니다."

조 형사는 전화를 끊었다.

"제기랄! 같은 컨테이너 차량이 31대나 움직인답니다. 당했습니다."

조 형사가 체념한 표정으로 제갈현을 바라본다.

"걱정 마세요. 지금 따님을 납치한 화물차는 올림픽대로 방향으로 이동 중입니다."

제갈미경이 입가에 미소를 지으며 말했다.

"오! 추적 장치를 부착시켰군요?"

조 형사가 반색했다.

"아뇨! 동생들이 연락을 하네요."

제갈미경이 미소를 지으며 말했다.

"동생들?"

조 형사가 의아한 표정을 지었다.

"뭐해요? 어서 서두르지 않고."

제갈미경이 얼른 승용차에 올라타며 소리쳤다. 사람들은 우르르 각자 승용차를 타고 바쁘게 제갈미경의 승용차를 뒤따르기 시작했다.
조 형사도 수사팀과 같이 경찰 승합차를 타고 제갈미경을 뒤따르고
있었다.

따르릉.

조 형사의 핸드폰이 울렸다.

"이 영감이 무슨 일이지?"

조 형사는 핸드폰에 뜬 전화번호를 보며 중얼거렸다.

"누군데요?"

동료 형사가 물었다.

"그 최면술인가 뭔가 한다는 노인."

"아! 어디 받아 봐요. 할 말이 있겠지요."

조 형사는 천천히 핸드폰을 귀로 가져갔다.

"조금 수상한 것이 있는데, 말씀 드리지 않아서 말입니다."

노인의 목소리다.

"수상한 것이라면 뭐죠?"

"오수경에 관한 것인데……. 그 딱지 말입니다."

"네? 딱지? 오수경이 딱지잖아요?"

"그렇긴 한데…… 제가 보기엔 오수경이 누군가에게 이용당한 것
처럼 보였습니다. 예를 들면…… 가짜 딱지 노릇을 했다고나 할까요.
마치 '내가 딱지다.'라고 하는 것이 아니라 '난 딱지다. 난 딱지다.'라
고 하는 것 말입니다."

"그게 그거 아닙니까?"

"아니지요. '내가 딱지다.' 하면 그건 오수경이 딱지가 맞는데, '난 딱지다. 난 딱지다.' 하면 마치 녹음기를 틀어놓은 것처럼 보인다 이 말씀이죠. 즉 누군가 조종하고 있는 것처럼 보였다 이 말씀입니다."

"허면? 오수경이 딱지가 아니라 진짜 딱지가 내세운 허수아비다 이 말입니까?"

"그럴 가능성이 있다 그거죠."

"음…… 알겠습니다. 감사합니다."

조 형사는 얼른 핸드폰을 끊었다.

"무슨 말입니까? 오수경이 딱지가 아니라 허수아비란 말은 뭐죠?"

후배 형사가 물었다.

"문제가 심각한 것 같아. 김진영 그 여자가 정말 위험할 것 같아. 만약 오수경이 딱지가 아니라면. 진짜 딱지는 생각보다 무서운 놈일 거야. 그렇다면 김진영은 구하기 힘들지도……."

"네? 그게 무슨? 오수경은 지금 구치소에……."

"그러니까 허수아비를 늘 구치소에 보내고 자신은 자유롭게 돌아다녔다. 그렇다면 정말 무서운 놈이지? 안 그래?"

"허면?"

"김진영을 아마 우리가 못 구할지도 모른다, 그거지."

"제갈현에게 알려줘야 하는 것 아닌가요?"

"그래야지."

조 형사는 다시 핸드폰을 들고 제갈현에게 전화를 걸었다.

"조 형사님, 무슨 일입니까?"

제갈현이 전화를 받으며 먼저 물었다.

"딱지 말입니다. 오수경이 아닐지도……."

조 형사가 차마 말을 다하지 못하고 머뭇거렸다.

"허허…… 알고 있습니다. 오수경은 허수아비에 지나지 않습니다."

"네? 알고 계셨습니까? 어떻게?"

"내 곁에 늘 그가 있지 않았습니까? 그와 난 이미 눈치 챘습니다."

"그라면? 제갈미경으로 있는?"

"네! 그럼요."

"허면? 누가 진짜 딱지입니까?"

"곧 나타나겠지요. 우선 따라가 봅시다."

"우리가 찾던 범인이 딱지일까요?"

"허! 형사라는 분이 제게 물으십니까?"

"네? 허허허……."

조 형사는 너털웃음을 남기며 전화를 끊었다.

그러는 사이 제갈미경과 윤지수가 탄 승용차는 올림픽대로에 접어들어 김포방향으로 달리고 있었다.

"초희야!"

지수가 운전하는 제갈미경을 힐끗 보며 불렀다.

"왜?"

"우리의 임무는 이제 끝나는 거야?"

"그래! 곧 끝날 거야. 왜? 서운해?"

"아니…… 꼭 그렇다는 것보단……."

"호호…… 왜? 매달 천만 원이 이젠 아쉽지?"

"엥? 어떻게 알았지?"

지수가 미소를 지으며 장난스럽게 물었다.

"걱정 마. 진짜 제갈미경이 널 취직시켜준다고 했어. 천만 원은 아니지만 매달 200만 원은 줄 거야."

"오! 정말?"

"그래! 내가 널 처음 끌어들일 때부터 미리 약속을 받아놨어."

"야! 넌 정말 내 친구야. 고마워."

지수가 엄지손가락을 치켜세워 보였다.

"호호……."

제갈미경의 쓸쓸한 웃음이 잠깐 동안 계속됐다.

"초희야!"

"왜?"

"네 이름이 뭔지 모르지만…… 넌 언제나 내 친구 초희로 내 가슴 속에 남아 있을 거야."

지수가 두 눈에 눈물을 반짝이며 말했다.

"그래! 고마워! 그리고 내 이름 초희 맞아. 그게 본명이야."

안개 속의 킬러라는 문제의 여인. 그 이름이 초희였던가? 제갈미경과 이초희 1인 2역을 했던 킬러 보스. 그녀가 처음으로 자신의 본명을 지수에게 밝혔다.

"초희. 너? 진짜야? 네 이름이 초희였어?"

"웅! 그렇다니깐. 이초희. 그게 내 이름 맞아. 호호……."

다시 이초희의 입에서 쓸쓸한 웃음이 흘러 나왔다.

그때다. 이초희의 핸드폰이 울렸다. 얼른 핸드폰을 받는 초희.

"어디냐?"

초희가 핸드폰에 대고 물었다.

"지금 성산대교 아래 공사장에 도착했습니다."

전화를 거는 목소리는 다급하게 들렸다.

"잠시만 버텨라! 곧 가마."

초희가 안타까운 듯이 말했다. 그리고 곧 전화를 끊고 다시 어디론가 전화를 했다.

"성산대교 아래 공사장이다. 즉시 빈아를 도와라! 위급하다, 급해!"

초희의 목소리는 다급했다.

"무슨 일이야? 위험해?"

지수가 물었다.

"그…… 그래! 얼른 가야지."

초희가 무척 서두르기 시작했다. 초희의 승용차는 무서운 속도로 달리기 시작했다. 뒤에 따라오는 차량들도 같이 속도를 내고 있었다.

성산대교 아래 공사장.

밤색 컨테이너 트럭이 서 있고 뒷문이 열려 있었다. 진영의 승용차는 안쪽에 있고, 컨테이너 뒷문 쪽엔 두 남자가 서 있었다. 고덕, 빈아라 부르는 킬러들이다. 그들은 진영의 승용차 트렁크에 숨어 있었다. 진영이 납치를 당하고 나서 컨테이너 속에서 승용차 트렁크를 열고 나와 진영을 보호하고 있었다. 진영은 아직도 승용차 안에 있었다. 컨테이너 트럭 뒷문을 향해 10여 명의 무리가 다가오기 시작했다. 그중엔 배국환과 박하나도 끼어 있었다.

"흐흐…… 죽을 자리를 스스로 찾아오다니 한심한 배신자들!"

배국환이 두 킬러를 보고 비웃음을 흘렸다.

"그대가 진짜 딱지?"

빈아가 방어 자세를 취하며 물었다.

"이미 알고 있으면서 뭘 물어?"

배국환이 딱지임을 시인했다. 철저히 자신을 숨겨온 딱지가 거침없이 스스로를 밝힌 것은 고덕과 빈아는 물론 진영까지 절대 살려주지 않겠다는 뜻이기도 했다. 그걸 모를 리 없는 고덕과 빈아. 서로 마주보며 고개를 끄덕거렸다. 죽음을 각오하겠다는 서로의 뜻이었다.

무리는 컨테이너 트럭 주위를 둘러싸고, 배국환의 옆에 있던 박하나가 혼자 몸을 훌쩍 날려 컨테이너 안으로 올라왔다. 무척 빠른 몸놀림. 박하나의 몸은 무척 빨랐다. 고덕과 빈아 둘은 바로 수세에 몰리기 시작했다. 단 한 번도 박하나를 때리지 못하고 맞기만 했다. 조금 시간이 지나자 고덕과 빈아는 피투성이가 되어 비틀거렸다.

"퉤! 킬러들 체면이 말이 아니군!"

빈아가 입에 고인 핏물을 뱉으며 말했다.

"이제 알 것 같아."

고덕이 피투성이가 된 몸을 겨우 바로잡으며 말했나.

"뭘?"

"딱지에 대해서 말이야. 오수경은 허수아비고, 진짜 딱지는 둘이었어. 배국환과 박하나. 둘 다 딱지였어."

고덕이 말했다.

"호호호…… 너무 늦게 알았군. 잘 가라!"

박하나의 발길이 고덕의 목을 강타했다.

"크윽!"

비명과 함께 고덕이 뒤로 벌렁 나가떨어졌다.

다시 박하나의 발이 빈아의 가슴을 걷어찼다.

"으악!"

비명과 함께 빈아도 앞으로 꼬꾸라졌다.

저벅저벅.

박하나가 진영이 탄 승용차를 향해 걸어갔다.

"멈춰라!"

동주와 응군이 도착해서 달려오며 소리쳤다.

"흐흐…… 불나방들! 처음부터 너희들이 배신할 줄 알았다."

그들은 배국환이 가로막았다. 동주와 응군 역시 배국환의 상대가 못됐다. 계속 얻어맞고 비틀거리며 뒤로 물러나고 있었다. 잠시 배국환이 동주와 응군을 상대하는 것을 지켜보던 박하나가 승용차 문을 열려고 하자 진영이 스스로 문을 열고 밖으로 나왔다. 박하나는 의외라는 표정을 지었다.

"결국 나도 이렇게 될 걸. 후후……"

진영이 체념한 듯 웃었다.

"아느냐?"

박하나가 느닷없이 물었다.

"뭘?"

"네가 왜 죽어야 하는지 아느냐 이 말이다."

"그것이 나도 궁금하다. 이유가 뭐냐?"

진영이 물었다.

"부잣집 딸로 태어난 죄. 우리 일을 방해한 죄."

"뭐? 방해라니?"

"이미 네 진짜 인감은 다 빼돌리고 교묘히 가짜 인감을 만들어 우리릴 속였잖아. 그 덕에 우린 헛고생만 했지."

"내 재산 내가 지키는데 그게 무슨 방해냐? 겨우 그런 이유로 날 죽이려는 것이냐?"

"그래! 또 있지. 내 아버지는 너희 M그룹에서 30년을 노예처럼 일했다. 허나 너희 할아버지 제갈민. 그자는 교통사고가 나서 죽어가는 나의 아버지에게 겨우 100만 원이 든 돈 봉투 하나 던져주고 말았다. 국환 오빠의 어머니 역시 너희 M그룹 청소부였다. 매일 계단과 화장실 청소를 하며 10여 년을 헌신하다가 계단에서 미끄러져 식물인간이 되어 죽어갔지만, 병실에 찾아오지도 않고 겨우 비서를 보내 돈 봉투만 던져주고 갔다. 해서 오빠와 난 결심했다. 우리가 M그룹을 차지하기로."

"뭐? 그게 이유란 말이지? 그래서 나의 할아버지노, 나의 큰아버지도. 나의 엄마도 네가 죽인 것이냐?"

진영은 어이없다는 표정으로 물었다.

"당연하지! 너는 물론이고. 곧 뒤따라올 네 아버지도 같이 이곳에서 컨테이너 차량과 함께 재가 될 것이다."

"나의 어머니는 어떻게 살해한 것이냐?"

"왜? 정말 췌장암으로 죽었을까봐? 두 명의 의사를 포섭했을 뿐이다. 췌장암으로 진단할 의사와 수술을 위장해서 살해할 의사."

"나의 큰아버지와 할아버지도?"

"그래! 다 우리 작품이지. 이제 궁금한 것을 다 알았느냐? 이것들을 묶어서 차에 집어넣어!"

박하나가 트럭 아래서 에워싸고 있던 무리에게 명령을 내렸다. 무리는 기다렸다는 듯 컨테이너에 올라와 쓰러진 고덕과 빈아를 밧줄로 묶었다. 진영도 함께 묶었다. 그리고 진영이 타고 온 승용차 안으로 집어넣었다. 그때 태경이 먼저 현장에 도착했다. 태경이 동주와 응군을 도와 배국환을 상대하면서 막상막하가 되었다. 컨테이너에 서서 그 광경을 보던 박하나가 훌쩍 뛰어내려 배국환을 도우러 갔다.

"넌 내가 상대하겠다."

박하나의 앞을 가로막은 것은 정태였다. 박하나가 가소롭다는 표정으로 정태를 상대했다. 정태 역시 박하나의 상대는 되지 못했다. 곧 수세에 몰리며 비틀거렸다. 그사이 제갈미경으로 있던 이초희 그녀가 컨테이너 속으로 훌쩍 날아올랐다. 무리가 막으려 했지만, 눈에 보이지 않을 만큼 빠르게 무리를 스치는가 싶더니 모두 꼬꾸라졌다.

정말 기막힌 솜씨였다.

"……!?"

싸우던 박하나와 배국환이 그 장면을 보고 멍하니 서 있었다. 순식간에 벌어진 일. 승용차 문을 열고 진영과 고덕, 빈아를 묶은 밧줄을 끊고 땅으로 데리고 내려왔다.

"너…… 넌! 누구냐?"

배국환과 박하나가 뒤로 주춤 물러서며 물었다. 방금 그녀의 솜씨를 보았기에 몹시 두려워하는 표정이다.

"내 동생들을 때려놓고 나보고 누구냐고 묻느냐?"

초희가 생글생글 미소를 지으며 말했다.

"그…… 그럼! 네가?"

배국환과 박하나가 동시에 말하고 부르르 떨며 뒤로 물러나다가 도망치기 시작했다. 허나 이미 기다리고 있던 경찰들에게 결국 체포되고 말았다.

"너희들을 제갈민, 제갈찬, 이지은 살인혐의로 체포한다."

유민혁이 의기양양하게 말했다.

"누가 살인범이라고 그래요? 증거도 없이."

박하나는 어림없다는 투다. 유민혁은 미소를 지으며 진영을 보고 눈짓했다.

"여기요."

진영이 녹음기를 유민혁에게 건네준다.

"여기에 방금 딱지 박하나의 음성이 들어 있습니다. 더 발뺌해보시죠?"

유민혁이 말했다. 박하나와 배국환이 고개를 숙인다.

"하하…… 탐정 소녀. 우리 시보께서 제갈미경일 줄 몰랐는데?"

조 형사가 웃으며 진영에게 다가왔다.

"미안해요."

진영이 미소를 지었다.

"하하하……"

조 형사가 진영에게 엄지손가락을 들어 보이더니 돌아서서 갔다.

"아빠!"

진영이 제갈현에게 쪼르르 달려가 품에 안긴다.

"허허…… 녀석! 고생했다."

제갈현이 진영, 아니 제갈미경의 등을 손바닥으로 토닥거렸다.

"초희야!"

지수가 초희를 부르는 소리에 진영도 제갈현의 품에서 나와 고개를 돌려 지수를 보았다. 지수가 두리번거리며 초희를 찾는다. 허나 초희의 모습은 어디에도 없었다.

헌데…… 저 멀리 성산대교 위에 한 여자가 서 있었다. 얼굴에 검은 안경을 쓰고 마스크를 한 여인. 한참을 그렇게 제갈현 일행을 지켜보던 그 여자는 천천히 돌아서서 걷기 시작했다. 그 여자는 먼저 마스크를 벗었다. 입가에 미소가 어린다.

"호호호…… 네 오라버니는 불구가 됐고, 딱지 둘은 평생 교도소에서 썩을 것이고, 이제 초희 너와 나 둘만 남았다. 이것이 내 작품이란 걸 초희 넌 알까? 제갈진수를 이용했다는 것을……"

그녀는 통쾌하게 웃었다. 그리고 서서히 안경마저 벗는다. 헌데…… 그녀는 손미래가 아닌가?

2013년 12월

차디찬 바람이 몰아치는 제주도 협제해수욕장에서
으스스한 한 편의 소설을 쓴

김범영 드림